捨女句集

捨女を読む会 編著
小林孔・坪内稔典・田彰子

和泉書院

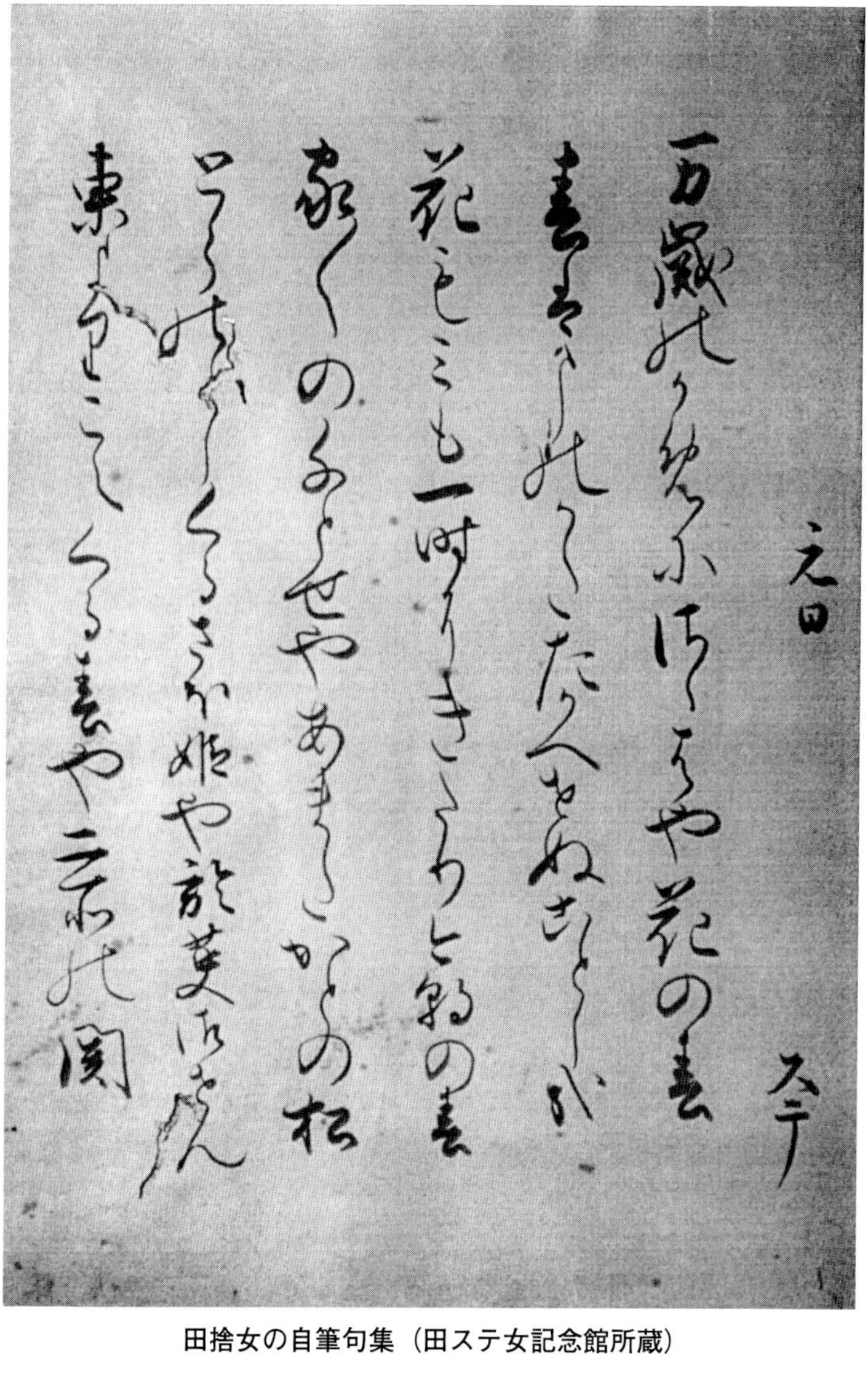

田捨女の自筆句集（田ステ女記念館所蔵）

田ステ女記念館横のステ女像(撮影・小田晋作　以下同)

田ステ女記念館

田ステ女記念館展示風景

田ステ女公園

田捨女の菩提寺・西楽寺

はじめに　捨女の俳句

坪内稔典

この『捨女句集』は捨女が書きのこした句集（自筆の稿本）を翻刻し、簡単な注解をつけたものです。この自筆句集の翻刻は森繁夫の研究書『田捨女』（一九二八〈昭和三〉年）にありましたが、各句の注解まではなされていません。そういう意味では、今回初めて捨女句集が読みやすいテキストになった、と言ってよいでしょう。この句集を通して捨女が見直され、捨女ファンが増えたらどんなにいいでしょう。実はそれがこの句集を企画・刊行した私たちの願いです。

捨女は一六三三（寛永十）年に今の兵庫県丹波市柏原《かいばら》に生まれました。少女時代から家族といっしょに俳句（当時は俳諧と呼んだ）を作り、その名は全国的に知られていました。有名な俳人たちのエピソードを紹介した『続俳家奇人談』（一八三二〈天保三〉年）には「田氏捨女　付盤珪禅師」という記事があり、六歳の冬、次の句を詠んだことが話題になっています。

雪の朝二の字二の字の下駄の跡

これは捨女のもっとも有名な句です。雪についた下駄の跡を「二の字」と見た機知はいかにも捨女らしい。しかも「二の字二の字」と反復した快いリズムは、二の字の跡をつけて楽しんでいるようすを想像させます。

ところが、自筆句集にはこの句がないのです。この句を捨女作としている『近世俳句俳文集』（小学館新編日本古典文学全集、二〇〇一〈平成十三〉年）は、下駄の跡を二の字と見る見立てが古くからあったことを指摘、「生存中の選集や自筆句集にも収められていないので、捨女作を否定する見解も出されている」と解説しています。この解説者は、捨女作ではない、という見解を知ったうえで、この句の作者は捨女がふさわしい、と判断したようです。この判断に私も賛成です。六歳の利発な少女（捨女）を作者とすることで、この俳句は世間にひろまり、そして愛誦されてきました。ちなみに、捨女の生地の柏原にはこの句をイメージした捨女像が建っています。下駄をはいた少女が後を振り向いて下駄の跡を見ている像です。

ところで、自筆句集はいつ、どのようにして作られたのでしょうか。捨女は四十二歳で夫と死別、四十九歳で落飾、仏門に入りました。五十四歳のとき、盤珪禅師の弟子になり、貞閑と名乗ります。そしてこの年、盤珪の寺、龍門寺のある今の姫路市網干へ移りました。つまり、夫の死後はもっぱら仏教者として生きたのです。彼女が自筆句集を作ったのは、夫の死後、仏門に入ろうとしていた時期かもしれません。俳句はいわば俗の文芸です。俗事を絶つために今まで作ってきた俳句を一冊にしたという気がするのですが、でも、これは私の推測、はっきりしたことは残念ながら分かりません。出家して貞閑になった彼女は、和歌をよく詠んでいますが、俳句はほとんど作っていないようです。捨女の俳句は、彼女が俗世間にいたころ、つまり、少女、娘、妻（嫁）、母であったころの作品なのではないでしょうか。

では、この『捨女句集』で出会った私の一番好きな句を挙げます。

いつかいつかいつかいつかと待しけふの月

現代の平易な表記にすると「いつかいつかいつかいつかと待ちし今日の月」。小学生に俳句の話をするときなど、私はこの句をもち出して、「今日の月」のかたちを表現しているのだよ、今日の月はどんな月でしょう、と問い掛けます。答えがすぐひらめいた人、それは捨女みたいな人です、と言って笑わせもします（答えはこの本の注解八十八ページ参照）。

捨女の時代の俳句は、機知によって言葉を楽しむ文芸でした。彼女が俳句を作ったころ、京都の松永貞徳を核にした貞門の俳句が流行していましたが、この貞門の俳句は言葉を楽しむ文化を広めたのです。二の字の句を詠んだ六歳の少女は、そうした言葉を楽しむ文化の申し子みたいでした。それで人気を博したと言ってよいでしょう。ともあれ、京都に近い丹波に住む捨女は、家族ぐるみで言葉を楽しむ文化に親しみました。

捨女は一六九八（元禄十一）年に六十五歳で亡くなります。ちなみに松尾芭蕉が他界したのは元禄七年、捨女は芭蕉と同時代の俳人でした。もっとも、芭蕉とのかかわりはなく、作風も異なります。芭蕉は貞門の俳句を脱して自分流の蕉風の俳句を打ち立てましたが、捨女の俳句はきわめて貞門風です。でも、もしこの二人が出会っていたら、たちまちに意気投合したかもしれません。ひたむきに生きるという姿勢に共通性を感じます。

ところで、「捨女」とは俳号として一般的になっている名です。本名は「ステ」、生地の柏原にはこの本名を採った「田ステ女記念館」があります。先に触れたように出家後は「貞閑」と名乗りました。この本の書名は一般的になっている「捨女」の俳号を採って『捨女句集』としました。

実は、本書の刊行にはやや手こずりました。田家の末裔である友人、田彰子さんとはかって自筆句集を読む集まりを始めたのは十年も前のことでした。でも、翻刻、注解に難儀し、なかなか出版のめどが立たなかったのです。でも、途中から小林孔さんが参加してくれ、彼の尽力で一挙に完成にこぎつけました。

本書に縁のある方々のエッセーを巻末に収録しましたが、田家十二世の田晴通さんはそのエッセーを書き上げた直後に他界されました。彼は父の十一世、田季晴さんとともに捨女顕彰になにかと力を尽くしました。俳句は作らなかったのですが、諧謔に富むスピーチや談話がいつも楽しい人でした。言葉を楽しむ捨女の子孫にぴったりの人でした。彼にまずこの本を捧げたいと思います。

目次

捨女句集

本文と読み

凡例

・この『捨女句集』は田ステ女の自筆本（田ステ女記念館所蔵）の翻刻である。
・見出しの句は現代仮名遣いに改め、濁点をつけた。また、漢字には編者が読み仮名をつけた。原句は注解のあとに示した。原句の仮名遣い、表記は原文のままだが、漢字は現代の通用字体に改めた。
・注解は小林孔が執筆した。
・四季の部立ては編者による。なお、冬の部の末尾（234以下）には他の季節の句が含まれている。
・本文中、今日の人権意識に照らして不適切と思われる表現がみられるが、作品の歴史性を考慮してそのままとした。

春

元日《がんじつ》

1 万歳《まんざい》のかめにささばや花《はな》の春《はる》

「花の春」は新年、新春を表す常套句で季語。上五の「万歳の」を下の「かめ」と「花の春」の両方にかけて、「万歳の瓶」と「万歳の花」とを同時に想像させる。「ばや」とはそうありたいと願う気持ちで、実際のことをいうのではない。正月の活花に託す新年のめでたさが永く続くようにと願う句。万年の「亀」が掛詞。

原句「万歳のかめにさゝはや花の春」

2 春《はる》はうのかたたがえせぬことしかな

「うのかた」は卯の方角、すなわち東。中七の「かたたがえせぬ」とは方角を違《たが》えぬことで、東の方角を変えないとの意。春は東の方角からやって来るとされている。春の異名に「東君《とうくん》」(日の神)がある。

原句「春はうのかたたかへせぬことし哉」

3
花《はな》もみも一時《いちじ》にきたり今朝《けさ》の春《はる》

新春のはなやかさとめでたい気分が一時《いちじ》に到来したとする意。中七の「一時にきたり」とは、同時にものごとが集中してやって来ることをいう。新春を寿《ことほ》ぐ強意のことば。

「花」は外観、「実」は心境をいうのであろう。

原句「花もミも一時にきたり今朝の春」

4
家々《いえいえ》の千《ち》とせやあまたかどの松《まつ》

作者と同時期の用例を拾うと、家々に飾られる門松はさながら松の並木か森のようだと詠まれる。句の中にも「あまた」（数多）とあるように、門松は壮観な新年の景色。

原句「家〱の千とせやあまたかとの松」

5
とらのとしくるさお姫《ひめ》やおと御《ご》ぜん

佐保姫は春をつかさどる女神。平城京の北東にある佐保山から春を運んで来るとされる。「乙御前《おとごぜん》」とは「おたふく」の意味で、縁起物。寅の年の佐保姫をこのように想像した。

原句「とらのとしくるさほ姫や於菟御せん」

6
東《あずま》よりこえくる春《はる》や二所《にしょ》の関《せき》

東は方角と東国の意。「二所の関」とは関の明神（二所）の白河の古関を指す。遠いかの地から春がはるばるやって来る。到来の喜びを込めている。

原句「東よりこえくる春や二所の関」

7　春《はる》をうるは実《げに》めでたいよ若《わか》えびす

「若えびす」とは元旦に売られる恵比須像を印刷した札。これを売り歩く様子を「春をうる」と表現した。実に新年らしい風情である。恵比須と鯛は縁語で、「めでたい」に鯛が掛けられている。

原句「春をうるハ実めてたいよ若ゑひす」

8　こぞのしわすことしのびてや若《わか》えびす

旧年の師走うちに立春となる年内立春もあるが、年が明けてから立春を迎えることも多い。

この句には、

皺《しわ》↓のぶ↓若《わか》（し）

の連想が掛詞としてはたらいている。年が改まれば皺も増えて当然であるが、若やいだ初々しい春の気分がある。

原句「こそのしはすことしのひてや若ゑひす」

9　もろこしも和国《わこく》となるや春《はる》のかぜ

和国は日本、もろこしは唐土。春の和《なご》やかな東風が吹いて、唐土も和やかな国（和国）になるという空想の句。渡来の唐ものが珍重されていた時代の逆の発想。

原句「もろこしも和国となるや春のかせ」

10　かざりおくたなや釣《つり》どのわかえびす

恵方棚《えほうだな》はその年の恵方にあたる鴨居につるし、松、竹、注連縄《しめなわ》を飾り、その神棚に供物をし、恵比須も祀られる。「釣殿」は池に臨んだ寝殿造の建物のひとつで、魚釣を楽しむ場所。恵方棚を釣殿に見立てた着想である。

原句「かさりをくたなや釣とのわかゑひす」

11
いせえびは色《いろ》に出《いで》けり内《うち》いわい

「色に出けり」は古典で用いられる表現。内に隠れた想いが外にあらわれる時に用いるいいまわし。「内いわい」は家内繁栄を意味し、伊勢海老を見て末永くあやかろうとする気分。

原句「いせゑひハ色に出けり内いわい」

12
雑煮《ぞうに》にや千代《ちよ》のかずかく花《はな》がつお

正月を祝う雑煮の椀に、千代までの家の繁栄を祈って沢山削った花鰹が添えられる。めでたさを花鰹の数量で表現した句。

原句「雑煮にや千代のかすかく花かつを」

若菜《わかな》

13

ちからをも入《いれ》ずきょう引《ひく》なずなかな

春の野に出て薺《なずな》を摘む。早朝のこと、野に出れば若菜はいたるところに萌えいでている。

原句「ちからをも入すけふ引なつな哉」

14

若菜《わかな》つむも夜明《よあけ》やうばう紫野《むらさきの》

「紫野」は平安七野《ななの》のひとつで、これに春の夜明けを迎えた野原の意味を効かせる。句中の「夜明」とは縁語の関係。夜の明けぬうちに出かけて若菜を摘みはじめたが、やがて春の明け方となって、野には一面の若菜である。摘んでも摘みきれぬ有様を、上五の「つむも」と中七の「うばう」（奪う）の呼応によって表現した。

原句「若菜つむも夜明やうはふ紫野」

15
いわえかと七言《しちごん》の詩《し》も初若菜《はつわかな》

正月七日の七草（種）の日に七言の詩（漢詩）に祝意を託して息災を願う。上五の「いわえかと」とは、祝うように、願うように、といった意味。

なお、底本の紙面では「いはへかとふ」と「ふ」に見せ消ちの点を入れているようである。

原句「いはへかとふ《ヒ》七言の詩も初若菜」

16
朝市《あさいち》にうるやはつ声《ごえ》うぐいす菜《な》

実際に聞きとった初売りの声を春の到来を告げる鶯の初音にとりなした句づくり。鶯菜は多くはコマツナをいうが、鶯の鳴く頃に出、色も似ていることからその名がある。

原句「朝市にうるやはつ声うくひす菜」

17
菜《な》にめでていわう計《ばかり》ぞふくわかし

「菜」は若菜。下の「ふくわかし」と同音の「若し」と重複するので、これを「菜」とだけしたのであろう。その「菜」には「名」が掛けられている。「名にめでて」は「名にあやかって」の意味。「ふくわかし」は正月七日、十五日に神に供えた餅を粥に入れて食べること。「福」「若し」の語が掛けられている。

原句「菜にめて丶いはふ計そふくわかし」

18
いざつまんわかなもらすな籠《かご》の内《うち》

中七の「わかなもらすな」には摘んだ若菜をこぼさないようにという意味と、『万葉集』巻一巻頭の雄略天皇御製の歌（「名告《の》らさね」）を踏まえた「吾名《わがな》もらすな」の警句とが掛けられている。若菜摘みに出かける女性同士の心はずむ会話の体。

原句「いさつまむわかなもらすな籠の内」

19

かまどにももえいずる春《はる》の若菜《わかな》かな

萌えいづる春と竈の火と、戸外、屋内に春の活気が満ちている様子。

原句「かまとにももえいつる春の若菜かな」

20

舌《した》どにやひょうしをとってうぐいす菜《な》

「舌疾《ど》」とは、物言いの速い様子をいう語。中七に接続して、たてつづけに拍子をとって鳴く鶯の声に、俎《まないた》の上でうぐいす菜をきざむその軽快な音色をいい掛けた句。

原句「舌とにやはうしをとつてうくひす菜」

子《ね》のひ

21
引《ひく》からに野《の》べつけにせぬ小松《こまつ》かな

前書の「子のひ」は、子の日の遊びで、正月の最初の子の日に野に出て小松を引き、千代を祝う遊宴のこと。引いた小松は大切に持ち帰り、長寿を願って根のついたまま家の中に置くのだという。中七「野べつけ」がやや難解であるが、「子の日」の子を寝に掛ける常套を踏まえて、野辺に放置した小松を想像する。

原句「引からに野へつけにせぬ小松かな」

十五日《じゅうごにち》

22
かゆのあつき色《いろ》や紅梅《こうばい》の大納言《だいなごん》

十五日は小正月の小豆粥を祝う日。その小豆粥を古くは「赤粥」といい、赤小豆粥《あずきがゆ》、紅調粥《うんじょうじゅく》ともいった。この句も粥の赤さに紅梅を取り合わせたもの。粥の熱そうな色は紅梅色の大納言小豆によっていっそうひきたって見える。

原句「かゆのあつき色や紅梅の大納言」

23
木《き》のめよりけぶれるは竹《たけ》のとんどかな

「とんど」は「どんど」ともいい、小正月の火祭りで、門松、竹、注連縄《しめなわ》などを持ちよって火で燃やす行事。左義長《さぎちょう》（三毬杖〈打〉）ともいう。中七の「けぶれる」には、とんどの煙と木の芽がけぶる（芽が出そろう）の二つの意味が掛けられている。中七に「竹」が出されたのは、「爆竹《とんど》」の表記によっている。

原句「木のめよりけふれるハ竹のとんと哉」

24
はねならで飛《とぶ》さぎちょうの吉書《きっしょ》かな

『山之井《やまのい》』「三毬打《さぎちょう》」の項に「さぎちやう鷺にもそへてふるくいひなせり」とあるように、これと類似の発想によっている。句意は、鷺ならば飛んで不思議はないが、書初めの吉書がとんどの火にあおられて羽根もないのに上へ舞いあがる、そのような光景をいう。

原句「はねならて飛さきてうの吉書かな」

25

ざれあいてつな引《ひ》きするや猫《ねこ》のまね

「綱引き」は縄引きともいって、十四日の年越し、小正月を翌日にひかえて大綱を引き合って年の吉凶を占う行事。大きな綱を互いに引き合うのは子供。その様子が縄にじゃれつく猫のしぐさそのままである。

原句「されあひてつな引するや猫のまね」

26

のこる雪《ゆき》やたとえば銀《ぎん》のすりはがし

雪の消えてゆく様《さま》を「かのこまだら」と喩える例があるように、この句の「すりはがし」も摺《すり》染めのまだら模様のこと。残雪を喩えるならば、さしずめ銀色のまだらの摺り染めであるという意。

原句「のこる雪やたとへは銀のすりハかし」

梅《うめ》

27

梅《うめ》や実《げに》匂《にお》いやかなるわらい顔《がお》

前書の「梅」は以下につづく梅八句に付けた章題としての意味がある。最初のこの句はまず蕾《つぼみ》が花開く頃をいったもの。中七の「匂いやかなる」とは、ほんのりと赤みがかった蕾をいい、下五の「わらい顔」とはその蕾がほころぶことをいう。

原句「梅や実匂ひやかなるわらひ顔」

28

夏《なつ》またで梅《うめ》がえの雪《ゆき》や白《しら》がさね

下五の「白がさね」は白い薄手の夏の単衣《ひとえ》ぎぬ。句は、梅の枝は雪をまとって、夏でもないのに白がさねに袖をとおしているようだとの意。裏を返せば、人ならば夏を待つはずだという心が込められている。「梅」ならではの擬人的な句づくり。

原句「夏またて梅かえの雪や白かさね」

29
賀茂山《かもやま》の梅《うめ》はこよみのはかせかな

暦のない山中で季節の到来を知らせるものに梅があり、これを梅暦といった。賀茂の山の梅は、毎年決まって春の到来を正確に告げる。これを「暦の博士」と表現した。

原句「賀茂山の梅はこよミのはかせかな」

30
梅《うめ》の香《か》や聞《きき》てめくらもかぎのぞき

においをかぐことを「聞く」という。目の見えない人が梅の香を聞いて垣からのぞいている。盲いた者にも梅花は探り当てられる。

原句「梅の香や聞てめくらもかきのそき」

31　三木《みき》と聞香《きくか》もくわわるや梅《うめ》の神《かみ》

「三木と聞」とは、一本、二本と梅が咲き始め、香を増してゆく様子。または、紅梅、白梅、鑓梅《やりうめ》と咲きそろうこと。「三木」には御酒《みき》が掛っている。下五の「梅の神」は、鑓梅と縁のある天神様。

原句「三木と聞香もくハヽるや梅の神」

32　梅《うめ》がえはおもうきさまの香《か》おりかな

独吟歌仙《どくぎんかせん》

「独吟歌仙」とはひとりで三十六句の歌仙を巻く意。この句はその時の発句。恋の句ばかりで三十六句を付けすすめた珍しい作品が実在する。発想は、愛しい人を梅の香で想い起こすという故事（和漢におよぶ）によっている。句の中の「きさま」とは愛しい貴様（あなたさま）の意味で、夫季成《すえなり》のこととしてもよい。

原句「梅かえはおもふきさまの香ほり哉」

33

紅梅《こうばい》にふかくしめてや匂《にお》い鳥《どり》

下五の「匂い鳥」は鶯の異名。その鶯が紅梅の香を身にたきしめるように枝をつたい高らかに鳴く様子。

原句「紅梅にふかくしめてや匂ひ鳥」

34

外《と》にしるき香《か》こそ百《ひゃっ》歩《ぽ》の紅梅花《こうばいか》

戸外にはっきりそれとわかる香りが漂っている。それは香り高い紅梅で、百歩も離れた遠くでもわかるという意。

原句「外にしるき香こそ百歩の紅梅花」

柳《やなぎ》

35 気力《きりょく》なき柳《やなぎ》のこぶややせぢから

柳の木は風になびくしなやかさがある。風に吹かれるままの気力のない柳の木のこぶは、さしずめやさ男の力こぶほどのものだという形容。

原句「気力なき柳のこふややせちから」

36 木男《きおとこ》のめにもはりたしいと柳《やなぎ》

中七の「めにもはりたし」は、気をひきたい、目をひきたいとの意味。男の気をひくようにしなやかに揺れるしだれ柳を女性にとりなした。木男は気性を第一とするいわゆる男気《おとこぎ》を踏まえた表現。柳に「目はり柳」の呼称もある。

原句「木男のめにもはりたしいと柳」

37

水鏡《みずかがみ》見《み》てやまゆかく川柳《かわやなぎ》

川沿柳《かわぞいやなぎ》が水に映し出されている。柳の葉が丁度人の眉の大きさで、日に日に柳の葉がしげりを豊かにする。これを「まゆかく」と表現した。この句もまた柳の擬人化である。

原句「水鏡見てやまゆかく川柳」

38

めだつ時《とき》さなえといわんこめ柳《やなぎ》

「こめ柳」は柳の異名のひとつ。こめ柳という名があるのならば、芽を出せば「さなえ」（早苗）と呼んでもよいだろうとの意味。稲にとりなした句づくり。

原句「めたつ時さなへといはんこめ柳」

39

春雨《はるさめ》はあいが染《そめ》だすやなぎ色《いろ》

春の雨が柳をあらい、一層青々と緑をあざやかに見せている。眼前の景。前掲37の句と同様、日々葉を豊かにする柳の様子を想起してもよい。春雨に染め出された柳は、実は春雨自体が柳色をしているからだという空想も含まれている。

原句「春雨はあいか染たすやなき色」

40

千《せん》の御手《みて》にかかれちかいの糸柳《いとやなぎ》

「ちかいの糸」とは男女の縁をとり結ぶこと。慈悲深い千手観音にその願いをかける。その御手は枝をのばして繋るしだれ柳に喩えられる。

原句「千の御手にかゝれちかひの糸柳」

41
うぐいすの歌《うた》の柳《やなぎ》や琴《こと》のいと

春日、のどかにさえずる鶯の鳴く音を歌にとりなし、春風に揺れなびく糸柳（しだれ柳）を伴奏の琴糸のようだと表現した。

原句「うくひすの哥の柳や琴のいと」

42
鶯《うぐいす》もひうらがたけやかぐらぶえ

鶯がものかげに隠れて姿を見せない。それが陽のささないものかげであるという意を効かせて「ひうら（日裏）」を出すが、もちろん大江の内宮（元伊勢）に近い日浦《ひうら》嶽をさしている。「神楽笛」は鶯の低い鳴き声を喩えたもの。神楽舞の横笛はやや低い音色である。

原句「鶯もひうらかたけやかくらふえ」

43

妻《つま》こうやにょうにょうとなく猫《ねこ》の声

「猫の恋」を題意とする。「妻こふ鹿」をすり替えて春季の猫の恋（声）を句にした。

原句「妻こふやねう〳〵となく猫の声」

44

涅槃会《ねはんえ》

涅槃絵《ねはんえ》にもかけはなれけりきょうの暮《くれ》

各宗派の寺々では涅槃絵をかけて読経が行われる。絵には釈迦入滅の姿と鳥獣の慟哭が描かれる。それと反対に、今日の夕暮れは春日にふさわしい穏やかな日暮れであるという意。句中の「絵」と「かけ（る）」、「涅槃会」と「経《きょう》」が縁語である。「涅槃会」は釈迦入滅の二月十五日。

原句「涅槃絵にもかけはなれけりけふの暮」

45
もち花《ばな》の散《ちる》はなみだか御《ご》入《にゅう》めつ

「もち花」とは涅槃会に餅をちぎって枝に付け、花の咲いたようにして供えるもの。実際に餅花は散らないが、花に見立ててはかなく散ると表現した。釈迦入滅の悲しみをいう。また、大粒の涙を餅花にとりなしている。

原句「もち花の散はなみたか御入めつ」

46
おがみたし涙《なみだ》くもらで涅槃像《ねはんぞう》

涅槃図を見ると釈迦入滅に鳥獣までも涙している。私は入滅のそのお姿を、せめて涙をせずに拝みたいとの意。

原句「をかミたし涙くもらて涅槃像」

やよいのせく

47
よもぎゅうの君《きみ》がひいなに草《くさ》のもち

前書の「やよいのせく」は、弥生三日の上巳《じょうし》の節句。この日は家に雛人形を飾ってそれにお供えをする。京の町の雛《ひな》ではなく、蓬も生《お》うる片田舎の雛には蓬の草もちを供えて雛の祭りをするという意。「よもぎの君」とは鄙《ひな》で育つ子女の意味もある。

原句「よもきうの君かひいなに草のもち」

花

48
初花《はつはな》やふたつみつよつちござくら

「花」の部二十句の第一句目。「初花」の「初」を一として、以下、二、三、四、「ちご」の「五」と数字を折り込んで仕立てた句。子供が一つ二つと数えるあどけなさ、もしくは親が一つ二つと数えてやる様子とも。二つ三つと数えるほどだけ開花した花の季節の到来をいう。

原句「初花やふたつミつよつちこさくら」

49
めもあやや錦《にしき》のような木々《きぎ》の花《はな》

「目もあや」とは、まばゆいほどの美しさをいう。木々の花々はさながら美しい綾錦の衣装をまとっているようである。

原句「めもあやゝ錦のやうな木ゝの花」

50
花《はな》の顔《かお》やはれもえまるるちご桜《ざくら》

花の顔は蕾《つぼみ》のこと。それが開く時に花が笑うと表現される。晴天の日に稚児《ちご》桜の蕾が開き、晴やかに笑みをこぼす。中七を「われも」と読むとわかりやすいが、原本の他の用例に照らして「はれも」とした。

原句「花の顔やハれもゑまるゝちこ桜」

51
木《き》のめにもこぼすしおがまや花《はな》の顔《かお》

塩を焼く塩釜から塩がこぼれたように木々に白くつぼみ（木の芽）がついた。顔に笑みがこぼれたように開花しはじめた塩釜桜（品種名）の木々である。

原句「木のめにもこほすしほかまや花の顔」

52
雨《あめ》は母《はは》やしなうや花《はな》のちちたがい

春の雨はひと雨ごとに花を活き活きとさせる。さしずめ育ての母のごときもの。種の違う花々も育んでいる。「養花天（花曇）」を効かせた句作り。

原句「雨は母やしなふや花のちゝたかひ」

53
散行《ちりゆく》やあともむすばぬいとざくら

糸桜は枝垂れ桜のこと。散った花を結びつけておくこともない糸桜。その名があるからには、結《ゆ》いつけておいて欲しいものをという思い。

原句「散行やあともむすはぬいとさくら」

54
たんざくは紙《かみ》つけあいかはなのさき

短冊は細長く切った紙のこと。花のついた枝に結び、花を散らさぬまじないをしたものであろうか。男女の恋の目印としたのであろうか。

原句「たんさくハ紙つけあひかはなのさき」

55
花《はな》よりもきにあたりけるあらしかな

嵐は木の全体（幹）にあたって花を散らす。花の咲く時期の嵐はことに気に障り、「き」に「木」と「気」をかけている。気が気でなくなる「き」に「木」と「気」を掛けている。

原句「花よりもきにあたりけるあらし哉」

56
逢坂《おうさか》の関《せき》ふきもどせ花《はな》のかぜ

関は物も人も行手《ゆくて》を隔ててとどめる場所。この逢坂の関で季節の風を吹きもどして、ふたたび木々に花を咲かせて欲しいという願い。

原句「逢坂の関ふきもとせ花のかせ」

57

いけて見《み》るや花《はな》の命《いのち》をつりおぶね

「つりおぶね」は釣の小舟のことをいうが、ここでは船形の花器を意味している。器に花を生けること、それは花の命を釣る（保つ）長命の秘訣でもあるという。

原句「いけて見るや花の命をつりをふね」

58

歌《うた》の体《てい》やしぼまぬ花《はな》の匂《にお》い鳥《どり》

「歌の体は」は和歌の表現、姿のこと。花鳥に通じて趣きのあるように詠むことを重んじる。この伝統を踏まえ、花はいつまでも美しくその姿をとどめ、鳥は匂いやかに囀《さえず》るのがよい。

原句「歌の躰やしほまぬ花の匂ひ鳥」

59　**つくば山《やま》かのも木《こ》の間《ま》の花見《はなみ》かな**

『古今和歌集』巻二十東歌の「筑波嶺《つくばね》のこのまかのもに」の表現を踏まえる。句は、こちらにもあちらにも花をつけた木々に囲まれ、筑波山では木と木の間のどこでも花見ができるという意味。

原句「つくは山かのも木の間の花見かな」

60　**花《はな》をやるや桜《さくら》も夢《ゆめ》のうき世《よ》もの**

「花をやる」は花を世人がもてはやすことをいう。桜がはかないこの浮世《うきよ》を代表する伊達者《だてもの》であるという。

原句「花をやるや桜も夢のうき世もの」

61

さくら色《いろ》に顔《かお》も染《そめ》けり花見《はなみ》ざけ

満開の花のもと、花見酒で顔も桜色に染まっている。

原句「さくら色に顔も染けり花見さけ」

62

ぬす人《びと》にかぎか夜《よ》の間《ま》の風《かぜ》の花《はな》

「盗人に鍵」とは、いともたやすきものの喩え。夜分の風は、まさに花を散らす盗人である。

原句「ぬす人にかきか夜の間の風の花」

63 **山《やま》のあらしいか計《ばかり》ぞや花《はな》いかだ**

「花筏《いかだ》」は散った花びらが筏のように水面を流れてゆく光景。そのような眼前の景を見て、山ではさぞたいそうな嵐があったものかという想像の句。

原句「山のあらしいか計そや花いかた」

64 **みやびやかに咲《さく》やいちはやき花《はな》の顔《かお》**

「いちはやし」とはすばやい様子をいう。優美に世を彩る開花が、一気にやって来たことの感動であろう。

原句「みやひやかに咲やいちはやき花の顔」

65
花《はな》は世《よ》のためしにさくや一《ひと》さかり

「世のためし」とは、はかない現世の意味。花の命もわずかであるが、この世のはかなさと競うように、いま花は満開となった。

原句「花は世のためしにさくや一さかり」

66
花《はな》やちらんみみもおどろく風《かぜ》の音《おと》

驚くほどの強い風に花の散り行くことを心配する心根。かすかな風の音に秋を知る風情がある一方、春のそよ風といえども気を許すわけにはいかない。

原句「花やちらむみゝもおとろくかせの音」

67 みちのくの花《はな》を忍《しの》ぶやえどざくら

陸奥の信夫《しのぶ》の里の桜の開花を心でひそかに思いやる句。江戸桜の仕舞いの季節であろう。

原句「みちのくの花を忍ふやゑとさくら」

68 閏月《うるうづき》に

散《ち》らで春《はる》の花《はな》もあれかし閏月《うるうづき》

閏月とは後月《のちのつき》を意味し、陰暦で、月と季節のずれを調節する方便。同じ月が二度くり返される。たとえば閏三月は季感としては四月の夏に相当するから、暦どおりに春の花もまだ咲いていて欲しいというのである。

原句「散らて春の花もあれかし閏月」

69　克玄亭《こくげんてい》にて窓《まど》の花《はな》の題《だい》をとりて

燈籠《とうろ》おけ亭《ちん》のひかりは窓《まど》の花《はな》

夜分、置き燈籠を備えて円窓《まど》辺《べ》の花を楽しむ風情を句にした。捨女の伯父田村克玄亭での句会で「窓の花」の題で詠んだもの。

原句「燈爐をけ亭のひかりハ窓の花」

70　**さかぬ間《ま》を待《ま》つほどながき花《はな》もがな**

ものの到来を待つことは、いずれも気がもめるもの。それが桜の開花ともなればなおさらで、その心境を句に仕立てている。

原句「さかぬ間を待ほとなかき花もかな」

71　しおがまのうらめしや扨花《さてはな》のかぜ

桜花を散らす風は誰にとってもうらめしい。塩釜桜の縁で地名の塩釜が出されたのであろう。塩釜の浦の「うら」をことばのかかりに用いて「うらめし」と句づくりした洒落。

原句「しほかまのうらめしや扨花のかせ」

72　岩《いわ》くらの戸《と》をひらきてやこめ桜《ざくら》

「こめ桜」は米裂《こめさき》桜のこと。蔵の戸を開いて米をとり出す連想から米桜が一斉に開いたといった句。その上の「岩くら」には、天の岩戸の天孫降臨神話を重ねている。「岩くら」に京の岩倉山（京都市左京区）を考えおいてもよい。

原句「岩くらの戸をひらきてやこめ桜」

73
花《はな》も名《な》におもてぶせ也《なり》うばざくら

「おもてぶせ」（面伏）は恥じてうつむく様《さま》。名に恥じてうつむきがちな姥桜の、いまだ開かぬ状況に理由を求めた句作り。
原句「花も名におもてふせ也うはさくら」

74
おいさきはしるしもんじゅのちござくら

稚児桜は品種のひとつ。名に稚児とあるからには、将来はきっと文殊菩薩様のように有難いお姿になろうという想像。文殊菩薩は稚児の姿で現れるという。
原句「をひさきハしるしもんしゆのちこさくら」

75

遠《とお》め猶雪《なおゆき》のよう也花《なりはな》のかお

「花のかお」は桜が開花した状態をいう。遠目から見ればなおさら、雪にもこえる心地がする。花を雪に、雪を花に喩える表現は歌語としても定着している。

原句「遠め猶雪のやう也花のかほ」

76

花《はな》の後《のち》うぐいすぶえは青葉《あおば》かな

花が散って葉桜ともなれば、緑は一層深まってゆく。花があれば鶯の鳴き声もまだ鶯笛ともいえるが、青葉の頃では、さしずめ平敦盛《たいらのあつもり》愛用の青葉の笛とでもいうのであろうか。

原句「花の後のうくひすふえハ青葉哉」

77
千句《せんく》ついか
ちるなちるな常磐《ときわ》の名有松《なありまつ》の花《はな》

前書は「千句追加」の意味で、千句を終えた後の追加の発句のこと。つまり、この句の成立事情を伝えている。句意は松の花ならば常磐の名のあるとおり、散ることはないはずだというもの。千句満尾《まんび》（完成）の祝意を含む。

原句「ちるな〳〵常槃《（磐）》の名有松の花」

78
天神《てんじん》の宮《みや》うつしに
神木《しんぼく》もことしおい松《まつ》のみどりかな

天神の遷宮、つまり天神の社殿を新しく造り、ご神体を移すこと。境内のご神木の松は昔ながらに今年も深く緑をたたえている。前書と発句で新旧対照のめでたさを表現する。

原句「神木もことしをひ松のみとり哉」

79
やまのまゆもうちけぶれるや木《き》のめもと

春の季語に「山笑ふ（う）」があるが、これと同様、山を擬人化して眉を出す。おそらく中腹よりも山頂に近いあたりであろう。眉の縁で木の芽（目）とつづけ、春霞にけむる山容を詠む。

原句「やまのまゆもうちけふれるや木のめもと」

80
吹《ふく》かぜになしとこたえよ花《はな》のくち

下五の「花のくち」は花の糸口のことで、ほころびはじめをいうのであろう。吹く風に花を散らせまいという気持ち。花にひっそり話しかける風情である。

原句「吹かせになしとこたへよ花のくち」

81

朧月《おぼろづき》よかんの君《きみ》と夕《ゆう》べかな

「よかん」は「余間」で余暇のひとときであろう。かすむ朧の春の夜、君と親しく過ごすしばしの時間がまさに値千金というのである。

原句「朧月よかんの君と夕卩かな」

82

たたえおくは大《だい》じゃがはなのかすみ哉《かな》
　　　ふぶ（く）ちじゃがはなにて

前書の「ふぶ（く）ちじゃがはな」は丹波福地《ふくち》の蛇ケ端《じゃがはな》のこと。柏原から福知山へ行くそのかかりに位置する。地名を句中に折り込む土地ぼめの句。野に咲く花々が堤にそって長く続き、大蛇の様子をしてかすんで見える。上流蛇ケ谷《じゃがたに》には大蛇退治の伝説がある。

原句「たゝへをくハ大しやかはなのかすミ哉」

83

よさの海《うみ》かすみの袖《そで》や能《のう》いしょう

与謝の海へ足を運んだ経験によるものであろう。香住《かすみ》の方角へ目をやると、能衣装の袖の形を想《おも》わせるような、松原の景が霞んで見える。

原句「よさの海かすミの袖や能いしやう」

84

つつじ

ぬれ色《いろ》やあめのしたてる姫《ひめ》つつじ

「躑躅」と題にした発句の一つ目。「した」「てる」「ひめ」から大国主命の娘下照姫を折り込んだ句作り。雨後の露とつつじはしばしば取り合わせられる景物。その美しさを讃える方便に下照姫を例に出す。

原句「ぬれ色やあめのしたてる姫つゝし」

85
咲《さき》まじるだんだらすじのつつじかな

どのような花に咲きまじっているのであろう。「段だら筋」とは同じ間隔の段がいくつも並んでいる状態をいう。躑躅が一列に規則正しく交互に紅白の花をつけていてもよい。

原句「咲ましるたんたらすしのつゝしかな」

86
山《やま》の端《は》にひかるは源氏《げんじ》つつじかな

山の端からのぞく朝日に躑躅の花においた露が光っている。このような美しい光景は何に喩えられよう。光の君の容姿さながらである。

原句「山の端にひかるハ源氏つゝしかな」

87

やまぶきはふぶ（く）地《ち》のそのの金《こがね》かな

「ふぶ（く）地」は前出のとおり福地で地名。そこに咲き乱れた山吹の花が一面、金《こがね》色に野を染めている。福徳を生ずるという「福地の園」を連想する。

原句「やまふきハふゝ地のそのゝ金かな」

88

帰雁《きがん》

帰《かえ》る雁《かり》も男《おとこ》ではなし北《きた》のかた

前書は北へ帰る雁の意味。句中の「北のかた」には北の方角と北の方に住まいする奥方の意味の二つが掛けられている。帰る雁は北の方角をめざして渡ってゆく。おそらく北の方に同行する男手《おとこで》のない一群であろう。

原句「帰る雁も男てハなし北のかた」

89
花《はな》ならぬかりの心《こころ》やいなかもの

「花ならぬ」は「花にあらぬ」の意味。花の盛りに帰る無粋な鴈を田舎者と評した句。とうてい都人《みやこびと》には理解されまい。

原句「花ならぬかりの心やいなかもの」

90
ちらしがきかとんつかえつつ鴈《かり》のもじ

下五の「鴈のもじ」は鴈が並んで飛ぶ様子を文字に喩えたもの。時にはその並びが崩れたりすることもあり、それが、まるで女房様《にょうぼうよう》の散《ち》らし書きのようであるという二重の喩え。

原句「ちらしかきかとんつかへつヽ雁のもし」

91

遊君《ゆうくん》かかいどういちの花《はな》の顔《かお》

艶やかな海棠《かいどう》の花が咲いている。その姿はこの街道で一番名高い遊女《あそびめ》に喩えてもよい。

原句「遊君かかいたういちの花の顔」

92

つぼめるや草《くさ》のわずかな花《はな》の顔《かお》

草の生い茂る野につぼんでいるような小さな、そしてわずかな花をつけている草がある。よく見ると花はしっかりと開いていた。

原句「つほめるや草のはつかな花の顔」

衣《ころも》がえ

93 **わがおもいゆずりあわせよ衣更《ころもがえ》**

ゆずるとは夏の一重衣《ひとえぎぬ》の袷《あわせ》を譲り渡す、おさがりの意味であろう。母から娘へわがおもい（立派な成長）を託しつつ今日の更衣《こうい》の日を迎える。

原句「わかおもひゆつりあわせよ衣更」

人《ひと》のれいならぬを

94 **夏衣《なつごろも》かるがるとなる気力《きりょく》かな**

前書の「れいならぬ」とはいつもとは違う、様子が異なるという意。人は特定の人で、ここは夫を指すか。夏の衣は薄手で軽々としている。気の持ち方も普段とは違って軽々として晴れがましいはずが、気力の薄らいでゆく夫が案じられるというのであろう。

原句「夏衣かる〳〵となる気力かな」

95 春《はる》を夏《なつ》へひきのばしてやさがり藤《ふじ》

藤は春の季語。春の遅い時期に花をつける藤が、夏になってもまだ咲き続けているという風景。この藤は山藤か。

原句「春を夏へ引のはしてやさかり藤」

96 卯《う》の花《はな》の雪《ゆき》にべにさすつぼみかな

卯《う》の花《はな》

卯の花は白妙の雪に見立てられることが多い。その咲き揃う小さな白い花の中に、わずかにつぼんでこれから咲こうとするものがある。やや赤みを帯びた莟を「雪に紅さす」と表現する。

原句「卯の花の雪にへにさすつほミ哉」

97　ちらでとまるはこねうつ木《ぎ》に卯《う》のき哉《かな》

箱根空木《うつぎ》と卯の花が散らずに見事な花を宿している。東海道の宿場らしく花にも止（泊）まるという言葉が働いている。

原句「ちらてとまるはこねうつ木に卯のき哉」

98　郭公《ほととぎす》

百鳥《ひゃくちょう》の巻頭《かんとう》にせんほととぎす

郭公をすべての鳥の第一番目に挙げることにしよう。句意は簡単にこのようになるが、そうするためには、郭公には是非その初音を早く聞かせてほしいという願いが込められている。

原句「百鳥の巻頭にせんほと丶きす」

99 **つれないぞよしそれとても恋《こい》し鳥《どり》**

一声だけでも聞ければそれでよい。待てど暮らせど姿を見せぬほととぎす。何とそっけない鳥であろうか。「恋し鳥」はそのようなほととぎすのこと。

原句「つれなひぞよしそれとても恋し鳥」

100 **鳴《な》かせたや五月雨《さみだれ》のふるほととぎす**

五月雨は陰暦五月に降り続く雨。即ち梅雨のこと。その雨にあやかるように、長い時間、ほととぎすを鳴かせておきたいという意。「五月雨の降る程《ほど》」の程《ほど》にほととぎすのほとを掛けている。

原句「鳴せたや五月雨のふるほとゝきす」

101
待《ま》ちわびて身《み》ぞやせの山郭公《やまほととぎす》

人を待つのは気が気ではない。身もやせる思いがする。郭公の鳴き声を聞こうと心待ちにする思いを「八瀬」（京都市左京区）の地名を入れて仕立てた句。

原句「待わひて身そやせの山郭公」

102
なきすてそ声おしお山《やま》ほととぎす

歌枕の「小塩山」（京都市西京区）を入れて言葉の「惜《お》し」を引き出している。では、何が惜しいのか。もちろん一声だけ鳴いて、それ以降鳴き捨てにしたことである。「なきすてそ」とは「鳴き捨てにするな」という強い口調の禁止を意味する。

原句「なきすてそ声をしほ山ほとゝきす」

103

むら雨《さめ》の夕《ゆう》べはあやし恋《こい》しどり

「むら雨《さめ》」は夏のにわか雨のこと。このような宵にはかえって冥界から通うというほととぎすの一声が聞こえるのではないか。雨音にかき消されぬよう、不思議なほととぎすの声を待つ気持ちをいう。

原句「むら雨の夕阝ハあやし恋しとり」

104

なかぬ夜《よ》は枚《ばい》をふくむかほととぎす

「枚《ばい》をふくむ」は声を立てず、沈黙をして息を凝らすこと。枚《ばい》は夜《よう》討ちの時などに声を出さぬよう、兵士や馬の口にくわえさせた箸のようなもの。「こゑ《(え)》せぬは梅雨《ばいう》や含むほととぎす」(『続山井』)とあるように、鳴声のない理由・原因を枚《ばい》に求める類例もある。

原句「なかぬ夜は枚をふくむかほと丶きす」

105

なけやなけやいまはいつなん時《とき》の鳥《とり》

「時鳥」と書いて「ほととぎす」と読む。なかなか鳴かぬほととぎすにしびれを切らしている句。いつ何時《なんどき》に鳴く鳥か分からない。

原句「なけや〳〵いまはいつなん時の鳥」

106

待《まつ》ほどやみろくの出世《しゅっせ》ほととぎす

弥勒《みろく》は釈迦入滅後、五十六億七千万年後の夜に現れて衆生を救うと伝えられている。気の遠くなるような数字に喩えて、ほととぎすの一声を今日か明日かと待ちくたびれている様子を句にしたもの。

原句「待ほとやミろくの出世ほとゝきす」

107

郭公《ほととぎす》と山《やま》にあぐるこえもがな

「と山」は遠くの山の意。せめてほととぎすの声をかすかにでもと望む句。遠い山で鳴く声でもよいから里にとどいて欲しい。「もがな」は願望を表す。

原句「郭公と山にあくるこゑもかな」

108

ほととぎす初音《はつね》や花《はな》の念《ねん》はらし

季節のかわり目、余花を惜しむ心がある一方で、ほととぎすの初音を望む。その一声で夏を知ることもあり、春への思いをこの機会に晴らす、すなわち解消することができる。

原句「はと ゝきす初音や花の念はらし」

109
どこも鳴三《なくさん》がいむあんほととぎす

「三界無庵《さんがいむあん》」とはどこにも住処《すみか》を持たないこと。逆をいえば、どこでも住処とする。ほととぎすはまさにそれで、いつ、どこで鳴くか分からない。

原句「とこも鳴三かいむあんほとゝきす」

110
はこねうつぎ声《こえ》は関所《せきしょ》かほととぎす

卯《う》の花《はな》にほととぎすかきし絵《え》に

卯の花にほととぎすを描いた絵に記した、いわゆる画賛《がさん》。ほととぎすの姿を描きとめている点をとらえて、関所を出し、卯の花に「はこねうつぎ（箱根空木）」（97参照）を重ねている。箱根の関ならばほととぎすもとどめ置かれるという絵空事。

原句「はこねうつぎ声ハ関所かほとゝきす」

111

新樹《しんじゅ》

龍田姫色染《たつたひめいろそめ》かえし新樹《しんじゅ》かな

新樹は新緑の木々。秋をつかさどる女神龍田姫は紅葉《もみじ》を違う色の、さらに深い緑色に染めかえた。染めかえたものならば古物であろうが、それが新品だという発想がおもしろい。

原句「龍田姫色染かへし新樹かな」

112

そうびして花見《はなみ》わたすや橋《はし》のもと

「見わたす」のわたすと「橋」は縁語。夏の「そうび」の襲《かさね》を着て橋の上から下を見わたす（見おろす）と、あたり一面の花。薔薇《そうび》の花が咲いている光景でもよい。

原句「さうひして花見わたすや橋のもと」

113

かぜになるやすずの子どものもて遊《あそ》び

風に揺れて音を鳴らせている風鈴かと思ったが、よく見れば子どもが鈴の音を楽しんで手で鳴らして遊んでいるのであった。篠竹《すずたけ》（みすず）を持って子どもが遊んでいるのかも。

原句「かせになるやす、の子とものもて遊ひ」

114

かぜはうしさきおいはらえ車《くるま》ゆり

花が咲けば風は無用のもの。車百合よ車の名があるならば、障りとなる、花の前《さき》にある風を風車のように追い払って欲しい。

原句「かせハうしさきをひはらへ車ゆり」

115

姫《ひめ》ゆりもかぜにたおやぐすがたかな

姫百合の咲き様《よう》がしなやかで優美な「たおやめ（手弱女）」を思わせる。名に姫がつくからであろう。風に揺れるもの静かな品位、様子に心がひかれる。

原句「姫ゆりもかせにたをやくすかた哉」

116

なでしこの露《つゆ》の玉《たま》もやるりの君《きみ》

撫子に置く露の色が明け方の空の色を映して瑠璃色をしている。撫子は小さな女の子に喩えられることも多く、その光景を瑠璃色の姫君と名付けたのであろう。

原句「なてしこの露の玉もやるりの君」

117
床夏《とこなつ》に有明《ありあけ》ともすほたるかな

寝間にともす有明行燈《ありあけあんどん》に見立てての句作りであろう。撫子を「床夏《とこ》」としたのも寝間を出す必要があったからである。撫子のもとに明け方の淡い蛍火が見える。まるで有明行燈の小さなともし火のように。

原句「床夏に有明ともすほたるかな」

118
ちまきとは三《みつ》をもちょうのたぐいかな

あやめのせく

あやめの節供（句）とは端午の節供のこと。粽を供えて食す日。粽三つを色糸で巻いて束ねる飾り粽をいうのであろうか。もしくは、糖《あめ》粽に「蜜《みつ》」「蝶《ちょう》」の語を掛けた句づくりか。

原句「ちまきとは三をもてうのたくひ哉」

119

姫瓜《ひめうり》のまがきやふかき窓《まど》のうち

姫瓜は垣につくる。小さな実が葉がくれに見えぬことがあるように、あの家の姫も深い籬《まがき》を隔てた窓のうちにある。

原句「姫瓜のまかきやふかき窓のうち」

120

つるにつきてとりうる金《こがね》まくわ哉《かな》

金を採掘する目安につる科の植物を用いる。金を探りあてるつるを見ていると、その先に黄《こ》金《がね》色の真桑瓜《まくわ》を探りあてた。

原句「つるにつきてとりうる金まくわ哉」

121
松《まつ》かぜやつれ引涼《びきすず》し瀧おとし

「つれ引《びき》」には連弾と連れて引き落とすの意味が掛かるか。松風が滝を落とし松風と滝の音が涼しい。

原句「松かせやつれ引涼し瀧をとし」

122
柳《やなぎ》髪《がみ》もふっさりとなる茂《しげり》かな

柳髪は女性の美しくしなやかな髪をいうが、この句は柳の緑が増して葉が茂っている様子をいったもの。柳のような髪と喩えるところを女性の髪のような柳といったところがおもしろさ。

原句「柳髪もふつさりとなる茂かな」

夏《なつ》の月《つき》

123　雲路《くもじ》にもちかみちあるや夏《なつ》の月《つき》

夏の夜は短い。空の雲路に近道があるのかと思うほど、月の没《しず》むのが早い。「や」は疑問の係助詞。

原句「雲路にもちかみちあるや夏の月」

124　短夜《みじかよ》も気《き》はのばしけり月《つき》のかげ

夏の夜は明けやすいものの、一日一日と月の光が夜空を照らす時間が長くなってゆく。ただ、そのような気がするだけであるという意。

原句「短夜も気はのハしけり月のかけ」

125
みじかよの月《つき》や山《やま》より坂《さか》おとし

山のあたりに顔を出していた月が、山の坂道をころがり落ちてしまったのであろうか。短い夏の夜は早くも明け、月の姿はどこにもない。

原句「みしかよの月や山より坂をとし」

126
夕立《ゆうだち》にあらいて出《で》るや月《つき》の顔《かお》

夕立があがると、空には顔を洗ってすっきりとしたように、光を増した月が出ている。

原句「夕立にあらひて出るや月の顔」

127
夏《なつ》の月《つき》やうら嶋《しま》が子《こ》がはこの類《るい》

「はこの類」は浦島太郎の玉手箱の類《たぐい》という意味。蓋を明けると翁になった伝説を踏まえ、あっという間に夏の月が空から消えてしまっていたことをいう。

原句「夏の月やうら嶋か子かはこの類」

128
夏《なつ》の月《つき》におひつく雲《くも》の足《あし》もなし

夏の夜は短い。月も早くに没《しず》んでしまう。その速さといったら雲も追いつけない程である。雲には夏の月に追いつくほどの速い足がない。

原句「夏の月にをひつく雲の足もなし」

129

秋《あき》はさぞな楓林《ふうりん》に見《み》る夏《なつ》の月《つき》

秋の紅葉になればなおさら月に照る楓《かえで》も美しかろう。しかし、今日の短夜の月を楓の葉陰から仰ぐのもしばし興じるだけの趣《おもむ》きがある。

原句「秋はさそな楓林に見る夏の月」

130

見《み》あげても心《こころ》づきなしさ月闇《つきやみ》

見あげても木の下の闇は尽きるともなく続く。なんともやりきれぬ思いがする。五月闇は木々の葉が生い茂った木下闇《このしたやみ》のこと。

原句「見あけても心つきなしさ月闇」

131

おうぎよりなんぼう涼《すず》しひらき窓《まど》

涼をとるのならば扇より開き窓のほうがより効果的である。それもいくつもの方角に（何方《なんぼう》にも）作るのがよい。

原句「あふきよりなんほう涼しひらき窓」

132

釣《つり》かけて蛍《ほたる》をとめよ蚊《か》帳《ちょう》草《ぐさ》

下五の蚊帳草はカヤツリグサともいう。葉の形状が長く、釣糸を垂れているように見える。蚊を釣る草ならば、蛍をその葉にとまらせてみよというのである。

原句「釣かけて蛍をとめよ蚊帳草」

133
したもえにきえ行《ゆく》ほたるひあし哉《かな》

陽が昇りはじめると蛍火も消えてゆく。人知れぬ想いのように。句中に「蛍火《ほたるび》」と「日脚《ひあし》」の語が掛けられている。

原句「したもえにきえ行ほたるひあし哉」

134
空《うつ》せみもきのかみからやあま衣《ごろも》

「空《うつ》せみ」は蝉のぬけがらの意。羽化した蝉は衣ならぬ殻を木の高い場所に残して飛び去ってゆく。天の羽衣といえばよいであろうか。

原句「空せミもきのかミからやあま衣」

135

せみせみと鳴《なく》や類句《るいく》の歌《うた》の吟《ぎん》

鳴き声が時雨《しぐれ》のように重なるとすべてが同じ蝉の声に聞こえる。さながらよく似たことばを重ねて作った歌のようである。

原句「せみ〳〵と鳴や類句の哥の吟」

136

とまるせみの歌《うた》や西行《さいぎょう》柳《やなぎ》かげ

謡曲『遊行柳』などが伝える西行の歌「道のべの清水流るる柳かげしばしとてこそ立ちどまりつれ」に基づく。蝉の鳴き声も木にとまってしばしの間、聞こえてくるという意味。もちろん句中の歌は蝉の鳴き声である。

原句「とまるセミの哥や西行柳かけ」

137

紫《むらさき》のうえこすはなし顔《かお》よ花《ばな》

下五の「顔よ花」は燕子花《かきつばた》のこと。杜若とも書く。その若紫の花の色は見事なものだが、『源氏物語』に登場する紫上《むらさきのうえ》の華麗さには及ばないという意。

原句「紫のうへこすはなし顔よ花」

138

玉《たま》ずさやかけんがんぴの花《はな》のえだ

玉章は手紙のこと。雁皮の花の咲く枝に掛けて（結んで）相手に送るのであろうか。雁皮のガンに願（ねがい）を込めて文面を書く。おそらく懸想文であろう。

原句「玉つさやかけんかんひの花のえた」

139
夏菊《なつぎく》やまだ波《なみ》なれぬおきな草《ぐさ》

夏の菊は季節が早いためか、まだ群生するまでにはいたっていない。「波なれぬ」とはそのような意味であろう。句中の「翁草」は菊の異名。波と翁は縁語。

原句「夏菊やまた波なれぬをきな草」

140
山《やま》はにげて月《つき》ほこ見《み》せよ祇園《ぎおん》の会《え》

祇園会の山と鉾を出して、夏の短夜の月を惜しむ心情を述べる。山はそっちのけで、月鉾をじっくり見たいというのが表の意味。

原句「山はにけて月ほこ見せよ祇園の会」

141
秋《あき》またで色《いろ》づくあさじ酒《さけ》の酔《よい》

浅茅《あさじ》酒は糯米《もちごめ》と粳米《うるちまい》を等分にしてつくる酒で、寒の水を使い土中に埋め、草茅などでおおい夏にとり出して飲む。浅茅が原のチガヤも秋をまたずに色付いてきた。酒の酔で顔を赤くしたようである。

原句「秋またて色つくあさち酒の酔」

142
松《まつ》は太夫見《たゆうみ》よのうぜんの花《はな》かずら

立派な松の大木に凌霄花《のうぜんかずら》がつるをからませて見事な花をつけている様子。花やかな太夫《たゆう》に見立てて賞美した句。

原句「松は太夫見よのうせんの花かつら」

143　ひあしもや雪《ゆき》ふみ分《わ》くる雲《くも》の峯《みね》

日脚が伸びる夏のこと。入道雲がわきおこる空を雪道を歩くようにゆっくり陽が進んでゆく。日中が長い。

原句「ひあしもや雪ふミ分る雲の峯」

144　雲《くも》のみね小雪《こゆき》とも見《み》よ丹波太郎《たんばたろう》

下五の「丹波太郎」は陰暦六月頃の夕立を降らせる雨雲を、丹波地方ではこのようにいう。ただし、この句は丹波の子どもたちへの呼びかけが含まれる。入道雲（丹波太郎）がもたらす夕立を、丹波の粉雪《こゆき》と見なさい、子どもらよ、という意。『徒然草』一八一段の「ふれふれ粉雪たんばの粉雪」を踏まえる。

原句「雲のミね小雪とも見よ丹波太郎」

145

色《いろ》にさえにせ紫《むらさき》かひねなすび

季節に遅れたおくての茄子でも、色つやともに旬の頃にひけをとらない。その紫色を「にせ紫」と表現する。「にせ」にはしばしば二世（現世と来世）の語が掛けられる。

原句「色にさへにせ紫かひねなすひ」

146

きり麦《むぎ》の桶《おけ》やあつさをわすれ水《みず》

きり麦はひやむぎのこと。桶に水をはって冷やす風景に、暑さを忘れるという意。目立たぬ風情のうれしい発見。

原句「きり麦の桶やあつさをわすれ水」

147 **庭《にわ》のうちをつぼねと茂《しげる》おもとかな**

中七の「つぼねと茂」はきっちりとその場を占有して茂っている様子をいう。「万年青《おもと》」に「御許《おもと》（女房）」を掛けている。

原句「庭のうちをつほねと茂おもと哉」

148 **大《おお》きなる声《こえ》もかよわきすがたかな**

か弱きとは弱々しい姿、様子をいう。声の主は何であろうか。直接的には人を指すことはないが、さしずめ虫の音《ね》であろう。

原句「大きなる声もかよハきすかた哉」

149

薫《くん》じぬるはすや浄土《じょうど》の九品《ここのしな》

眼前の匂うような蓮の花を見て、極楽浄土にあるという九品《くぼん》の蓮台（往生の九つの等級）の上品上生《じょうぼんじょうしょう》の蓮を想像する。

原句「薫しぬるはすや浄土の九品」

秋

150

七夕《たなばた》

七夕にかじの葉《は》もじや歌《うた》もなし

七夕の日には梶《かじ》の裏葉に和歌を書いて願いごとをする。七枚の梶の葉もじ（もじは女房ことば）は用意したものの、七首の歌文字が浮かばないというおかしみ。梶の葉は天の川を渡る舟の楫《かじ》の音による縁語。

原句「七夕にかちの葉もしや哥もなし」

151
七夕はとしのおくりてあわおかな

「あわお」は糸を強くよってほどけにくくした緒で、二星の逢瀬を堅く結びつけておくという意味であろう。ただ、それがはかなくも「としの緒《お》」のほんの一日だけのことであった。『伊勢物語』三十五段の一首「玉の緒をあはおによりて結べれば絶えての後もあはむとぞ思ふ」が背景にある。

原句「七夕はとしのをくりてあはを哉」

152
忍《しの》ぶ事《こと》やまげて場《ば》はれたほしの中《なか》

「場はる」とは公然と遠慮なくするの意。「ほしの中」は二星の仲のこと。七夕には二星が公然と逢う。

原句「忍ふ事やまけて場はれたほしの中」

153
女《め》七《た》夕《な》男《お》たなはたつる関《せき》かきょうの雨《あめ》

「女七夕男たな」は織女と牽牛の二星のこと。たなはたの音のつづきで「はたつる」としたが、これは「隔つる」と同意で、その原因が今日の雨である。まるで二人の仲を隔てている恋路の関のようであるという。

原句「女七夕男たなはたつる関かけふの雨」

154
かい出《いだ》し月や七夕のむかいぶね

西の空に浮かんだ上弦の月が女七夕の迎え舟のように進み出てきた。今夜は晴天である。句中のかい（櫂）、ふね、月はともに縁語。

原句「かい出し月や七夕のむかひふね」

155
七夕のわたせるはしやこい紅葉《もみじ》

「紅葉の橋」は天の川に渡す橋の意。『古今和歌集』巻四・秋上などに見える。牽牛、織女の二星の想いを渡す橋ならば、その紅葉の橋は恋の深（真）紅に焼えるような色でなければならない。

原句「七夕のわたせるはしやこひ紅葉」

156
待《まち》くれや雲《くも》のはたての女七夕《めたなばた》

「待くれ」とは待ち暮らすという意。雲のたなびくその果てに待ち暮らしている織女の姿を思いやる句。七月七日の暮れ方を待つ、まだ陽のある頃のことである。

原句「待くれや雲のはたての女七夕」

157
いとによる心《こころ》かけさはめたなばた

「糸による心」とはみずからの想いを細い糸を撚《よ》ってたぐり寄せることをいうのであろう。今日は朝から今夜の逢瀬が果たせるよう、織女の祈りが続くのである。糸・よる（撚る／夜）・けさ・織女は、縁語。

原句「いとによる心かけさはめたなはた」

158
くる秋《あき》の桐《きり》ぎわ見《み》する一葉《ひとは》かな

来る秋、すなわち秋の到来を桐の一葉に感ずるという意。「桐ぎわ」は桐の葉のいわゆる散り際《ぎわ》のことで、「梧桐一葉落　天下尽知秋」（『夢深録』巻四）をふまえての句作り。

原句「くる秋の桐きは見する一葉かな」

159
無玉《なきたま》のおより所《どころ》かはすの露《つゆ》

魂祭の句。「霊祭」「玉祭」とも書いて盂蘭盆《うらぼん》に先祖の霊を招き祀る。今は亡き人の魂を招きよせる場所なのであろうか、この蓮《はす》の露の玉は、という意。蓮・玉・露は縁語。

原句「無玉のをより所かはすの露」

160
おんはなしなき玉《たま》まつる床《とこ》の上《うえ》

「おんはなし」は徳のある和尚のありがたい説教であろう。床敷をしつらえ、亡き魂を迎えて、故人を偲ぶ玉祭のようす。

原句「をんはなしなき玉まつる床の上」

161

なくなみだ雨《あめ》と降《ふり》てや玉祭《たままつり》

涙・雨・降・玉と縁語仕立ての句で、故人を思う涙が降る雨のように袂を濡らす。作者の亡き夫を偲ぶ切実な句として味わうべき。

原句「なくなみた雨と降てや玉祭」

162

世《よ》にあわば是《これ》ぞたからの玉《たま》まつり

先祖の霊を迎えてもてなす魂祭は、この世にもどってしばしの間、亡き人を偲ぶ心の邂逅の日。これを玉の縁で大切な宝の日と表現する。

原句「世にあハ、是そたからの玉まつり」

163 つねやわんけにもるいいをはすの葉に

『万葉集』巻二の有間皇子《ありまのみこ》の「家にあれば笥《け》に盛《も》る飯《いい》を草枕《くさまくら》旅にしあれば椎《しい》の葉に盛る」の一首を踏まえ、普段は椀に盛る飯を今日の玉祭には蓮の葉に盛って供えるとした。

原句「つねやわんけにもるいゐをはすの葉に」

164 きづくしや見《み》えぬ木《こ》の間《ま》をもりの月《つき》

月《つき》

木々の茂る森では見あげても木の間から月を拝むことは難しい。気のもめることであるが、木々から洩れる月光を味わうしかない。

原句「きつくしや見えぬ木の間をもりの月」

165
雲《くも》や几帳《きちょう》はたがくれたる月《つき》の顔《かお》

雲はまるで几帳（薄絹をかけた間仕切《まじき》り）のようである。その端《はた》に隠れて顔を見せない月は、王朝絵巻の女性を彷彿とさせる。

原句「雲や几帳はたかくれたる月の顔」

166
月《つき》の顔見《かおみ》ぬ恋《こい》にまよう闇路《やみじ》かな

今夜は満月が顔を出すはずの日であるが、雲に隠れてその姿をあらわさない。想いこがれながら待つ月を、行末すらわからぬ恋の闇路に喩えた句。

原句「月の顔見ぬ恋にまよふ闇路かな」

167
出《で》て見《み》よと人《ひと》つりばりか三《み》かの月《つき》

外に出て見よとさそうばかりの美しい三日月であるよの意。三日月の形状が釣針に似ているところからの見立てがある。人をつる（誘う）ような見事な三日月が出ている。

原句「出て見よと人つりはりか三かの月」

168
心《こころ》ぼそき秋《あき》を見《み》せけり三《み》かの月《つき》

行末が思いやられる寂しい秋の風情を、やがて消えゆく三日月の姿にも感じとれるという意。心細さをほそりゆく三日月に見る。

原句「心ほそき秋を見せけり三かの月」

169

袖《そで》に灌《そそぐ》なみだや月《つき》にそびき物《もの》

「袖に灌なみだ」は憂いをもって袖を濡らしている様子をいう。濡《ぬ》れ衣《ぎぬ》であろうか。それが月を隠そうとする聳《そびき》もの、この場合はたなびく雲と涙が原因して、月がもの憂い姿に見える。

原句「袖に灌なみたや月にそひき物」

170

月や空にいよげに見えつすだれごし

句は「月なのだろうか、さっきから簾ごしに見えているのは」の意。「いよげ」は「居《い》よ気《げ》」で文字どおりにじっとしている気配をいい、これに「伊予」特産の伊予簾を掛けて、簾ごしの月見に興じての作。

原句「月や空にいよけに見えつすたれこし」

171

月《つき》をいるる露《つゆ》やまことの玉《たま》てばこ

月の姿をそのまま入れることのできる露は、まさに玉の形の美しい手箱のようである。身近に置いておきたいという思いがあろうが、露ははかなく消えてしまう。

原句「月をいる、露やまことの玉てはこ」

172

葉月十五夜《はづきじゅうごや》

いつかいつかいつかと待《まち》しきょうの月《つき》

八月十五夜の「この月の月」を待ちに待ったという句意。「いつか」を三回くり返すことで、待ち遠しい思いを強調するとともに「五日《いつか》、五日、五日」を重ねて十五夜の今夜を引き出すことばの技法が目をひく。

原句「いつか〱いつかと待しけふの月」

173 **俗《ぞく》もこよいいもいして見《み》ん月《つき》の顔《かお》**

「いもい」は身心を清める、ものいみのこと。身分の上・下にかかわりなく、今宵は精進をして月見をすることである。八月十五夜の月を芋名月ともいう。

原句「俗もこよひいもゐして見む月の顔」

十三夜《じゅうさんや》

174 **十三夜《じゅうさんや》いいし計《ばかり》の月《つき》もがな**

『古今和歌集』巻一四恋歌四の素性法師「今こむと言ひし計《ばかり》に長月のありあけの月を待ちいでつる哉」の一首を踏まえていよう。ただし、この句の主眼は恋にはなく、ひたすら九月十三夜の月の出を待つ意。やがて目的を果たせぬまま夜明けになってしまうという点が共通する。

原句「十三夜いひし計の月もかな」

175
十五夜《じゅうごや》の月《つき》のいもとか十三夜《じゅうさんや》

八月十五夜の月が最も美しいとされているが、これに次ぐ美しい月が九月十三夜の月である。「花の兄」という言い方がある（梅のこと）ならば、「月の妹」の表現もその対極にあってよいであろう。一五歳の姉に一三歳の妹の発想はもちろんこの句の原点にある。

原句「十五夜の月のいもとか十三夜」

176
楓林《ふうりん》の月《つき》はよるなき錦《にしき》かな

楓林は紅葉した楓《かえで》の林の意。月影に照らされて夜の闇の中でも、錦のような美しさが映し出されている。

原句「楓林の月ハよるなき錦かな」

177
山《やま》のかいや光《ひかり》さしくる月《つき》のふね

「月の船」は空を渡る月を船に喩えていう語。山の飼屋《かいや》（蚕を飼う小屋）に空を渡る月の光が差し込んでいるという意。櫂《かい》を指してこぎ来る船の掛詞がうまく働いている。

原句「山のかゐや光さしくる月のふね」

178
めには見《み》て手《て》にひかれぬや月《つき》の弓《ゆみ》

眼で見て空想することはできても、実際にはそのようにできないことはよくある。三日月を見て弓をひく様子は想像できても、実際には手でひくことはできない。見立ての本筋。

原句「めには見て手にひかれぬや月の弓」

179

夜明《よあけ》には露《つゆ》まで月《つき》のわかれかな

月の光を宿す露も夜明けとともにやがて陽にきらめき消えてゆく。「夜明け」「露」「別れ」の縁語を用いながら、後朝《きぬぎぬ》の別れではない点がかえっておもしろい。

原句「夜明には露まて月のわかれかな」

180

松《まつ》たけはただ一秋《ひとあき》を千《ち》とせ哉《かな》

松《まつ》たけ

松茸の季節が到来する。一日千秋ならぬ一秋千歳の待ちに待ったこの時節である。ただただ待つだけの日を過ごしてきた。

原句「松たけハた丶一秋を千とせ哉」

紅葉《もみじ》

181 **紅葉《もみじ》ばにたわるる鹿《しか》や色《いろ》ごのみ**

紅葉が色づいた、その色づきにたわむれるかのようにいる鹿は、さしずめ色好みであろうという。

原句「紅葉ゝにたハるゝ鹿や色このミ」

182 **もみじ見《み》やここをせにせんたつた川《がわ》**

「ここをせにせん」は『新古今和歌集』巻三夏歌の西行法師「きかずともここをせにせん郭公《ほととぎす》山田の原の杉のむらだち」の一首を踏まえている。「せ」は場所のこと。紅葉を見るからには龍田川のここで見なくてはならない。龍田川の「龍」に「立つ」が掛けられている。

原句「もみち見やこゝをせにせんたつた川」

183

染川《そめかわ》と紅葉《もみじ》にいわんたつた河《がわ》

龍田川は紅葉の名所。赤いもみじ葉が川を染めあげている。これがまだ見ぬ筑紫の歌枕の「染川」なのだろうかと空想する句。「染川」は「逢初川《あいぞめ》」「思川《おもい》」とも言われる。『伊勢物語』六十一段に出る。

原句「染川と紅葉にいはんたつた河」

184

いろいろの木々《きぎ》や染《そめ》はのやわた山《やま》

秋季の八幡山と言えば、石清水八幡宮のことであろう。様々の木々がそれぞれに色づき八幡の山を染めている。「男山」の異名もある。

原句「いろ〲の木ゝや染はのやわた山」

185
秋《あき》の色《いろ》は水《みず》にもしるし紅葉《もみじ》ぶな

紅葉鮒《ぶな》は秋に赤く色づく琵琶湖産のそれであろうか。湖水の中でもはっきり秋の到来を知らせている。

原句「秋の色ハ水にもしるし紅葉ふな」

186
紅葉《もみじ》せぬ竹《たけ》はつらねどみさおかな

「みさお」とはいつもと変わらない様子をしていることを言う。これに竹の縁で釣竿が掛けられている。句は、竹はまったく紅葉の季節にも色を変えずにそのままの姿で並んでいる、といった意。

原句「紅葉せぬ竹はつらねとミさほ哉」

187
嵐《あらし》には山《やま》の錦《にしき》もつづれかな

「つづれ」はつぎはぎの着物の意味で、錦のつづれ織の鮮やかさをいうのではない。それを意識におきながら、嵐の後に紅葉を散らした山々がまるでつぎはぎをしたようだ、という逆の着想がおもしろみ。名所「嵐山」を折り込む。

原句「嵐には山の錦もつゝれかな」

188
槌《つち》のうて白《しら》ぎぬうつや瀧《たき》つなみ
きぬた

「白《しら》ぎぬ」は「しろぎぬ」とも言い、色を染める前の白い衣《きぬ》のこと。その衣をうつ砧《きぬた》（槌）の音に瀧の流れ落ちる音が匹敵するほどに響きわたる。「きぬた」の前書をもつが、これは瀧の流れ落ちる様子を白ぎぬに見立てた発想である。

原句「槌なふて白きぬうつや瀧つなミ」

189
まどろまでねがえしにうつ衣《ころも》かな

一人寝であろう。眠りにつけぬまま、何度も寝返りをうつ。「衣うつ」は本来、砧をうつことの意味であるが、この句の場合はむしろ寝返りをうつ方に主眼がある。

原句「まとろまてねかへしにうつ衣かな」

190
月《つき》や見《み》るきぬたの音《おと》のぬけ拍子《びょうし》

月を見ているからであろうか。絶え間なく打つはずの砧の音が、拍子ぬけになる時がある。

原句「月や見るきぬたの音のぬけ拍子」

草花《そうか》

191　小《お》ぐるまややるかたもない花《はな》のかぜ

小車草は野にあるキク科の多年草で、黄色い頭状花をつける。風を集めるように花弁を開くが、風が吹いても、どうしても風車のようには回らない。

原句「小くるまややるかたもない花のかせ」

192　はぎたかくかかげて露《つゆ》をおもにかな

萩に置く露は常套的な詠み方。高く咲く萩が葉に露を置いている。さぞ重荷であることよという意。ただし、その様子が背伸びをして（脛高《はぎ》く）かつぎあげているようであるとしたところが手柄。

原句「はきたかくか丶けて露をおもに哉」

193

さして見《み》ば長《なが》えといわんききょう笠《がさ》

桔梗の花をさして眺めてみると、茎が伸びて、まるで長柄の傘のようであるという意味。用字の「笠」は句意からしてさす傘であろう。風にあおられて逆向《さかさま》になった形状を想起してもいいようか。

原句「さして見ハ長えといはんき丶やう笠」

194

朝《あさ》がおやしののめ待《まち》て御《ご》げんもじ

「御見文字《ごげんもじ》」は「御見」の女房ことばで「おめもじ」のこと。夜明けを待って朝顔とのおめもじである。

原句「朝かほやしの丶め待て御けんもし」

195
引袖《ひくそで》を人《ひと》なとがめそびじん草《そう》

「美人草」はヒナゲシの異名。愛らしいその美しさに見いって、つい袖を引かれて寄り道の道草をするが、どうかそれをとがめないでほしいという意。

原句「引袖を人なとかめそひしん草」

196
みよし野《の》にかえがたい秋《あき》の花野《はなの》かな

吉野にかえがたい花野という文脈は、やはり吉野の優位を念頭に置く。しかし、今、目の前にする秋の花野をどうして春の吉野にかえることができようか。反語の文脈でもある。

原句「ミよし野にかへかたい秋の花野哉」

197
らにの花《はな》かきし絵《え》に
らにの花《はな》ちらぬを筆《ふで》の匂《にお》い哉《かな》

「らに」は藤袴《ふじばかま》の異称。その花の絵のできばえを讃える、いわゆる画賛句である。筆の匂いのする描きあがったばかりの蘭の花は、散ることもなく匂いやかに咲きつづけるであろう、との意。

原句「らにの花ちらぬを筆の匂ひ哉」

198
夕霧《ゆうぎり》や小野《おの》にしめゆうおんなめし

『源氏物語』「夕霧」の帖を踏まえた句作りであろう。一条御息所が庵を結ぶ小野へ出向く際の、夕霧の心境に想を得ている。想いを寄せても甲斐なき「落葉宮」（次の199句参照）に叙景の小野の女郎花《おみなえし》をあしらう。

原句「夕霧や小野にしめゆふをんなめし」

199
夕《ゆう》ぎりや落葉《おちば》衣《ごろも》をかさね妻《づま》

夕刻の霧の向こうに落葉の散りかかる衣を着た愛しい女性の姿を想う、というだけの句ではない。『源氏物語』中の落葉宮（一条宮）と夕霧との密通を描く。かさね妻には北の方（夫人）がありながら契りを結ぶ夕霧と落葉宮の物語がある。

原句「夕きりや落葉衣をかさね妻」

200
妻《つま》にまだしかじかあわで鳴《なく》ね哉《かな》

「妻恋う鹿の音」は常套句。「しかじか」とはこの場合、「鹿々」と「云々・然々」が掛けられ、分かりきった事柄として、相手にされない男鹿の悲しい鳴声がむなしく聞こえてくるという意。

原句「妻にまたしか〳〵あハて鳴ね哉」

201

染川《そめかわ》やげに色《いろ》どりのわたりもの

これが「染川」（前掲183参照）というものであろう。色とりどりに川が紅葉で染めわたっている。その上に渡りの秋の色鳥もこの川瀬に姿を見せている。

原句「染川やけに色とりのわたりもの」

202

人《ひと》もとより文《ふみ》おこせし返事《かえりごと》に
おと計《ばかり》聞《きく》や空言《そらごと》かりのもじ

ある方からとどいた手紙の返事に一句を書つけて、空を飛ぶ雁の文字をつらねた音信はあるものの、まったく心にもない作りごとなのでしょうね、といった皮肉を込めた句。

原句「をと計聞や空言かりのもし」

203
きじゅう三回忌《さんかいき》に
三秋《さんしゅう》を待《まち》てめに見《み》ぬなげきかな

季重の三回忌追善の発句。三度目の秋を迎えて、もはや会うことのできない悲しみが、ようやく実感されてきた、という意。亡き人を偲ぶ追悼の句。　原句「三秋を待てめに見ぬなけき哉」

204
さらばゆけ秋《あき》のこころもきょうの暮《くれ》

九月尽《くがつじん》（九月晦日《みそか》）の句。それならば行け、今日で秋は終わるが、この夕暮れを思えば、十分秋の風情を味わうことができた、という意。　原句「さらハゆけ秋のこゝろもけふの暮」

冬

冬《ふゆ》

205

月《つき》のかつら冬《ふゆ》がれさする時雨《しぐれ》かな

「月のかつら」は月に生える月桂樹《げっけいじゅ》。ひとしきり雨を降らせる時雨雲が月の姿を隠し、さぞ、月の桂も冬枯れしてしまったことであろうとする想像の句。

原句「月のかつら冬かれさする時雨かな」

206

散《ちる》を人《ひと》のおしみし念《ねん》やかえり花《ばな》

「おしみし念」は花の散るのを惜しむ気持ち。枯れた木々の枝に雪が降り積み、まるで花が咲いたようだという。これを「かえり花」とした。

原句「散を人のをしみし念やかへり花」

207
きさらぎといわん小春《こはる》や二月《ふたつき》め

如月《きさらぎ》は陰暦二月のことで春のふた月目。また、小春は十月頃の暖かな日和で小春日和ともいう。暖かな春のような天候が、十一月のふた月目にも到来した。その実感句。

原句「きさらきといはん小春や二月め」

208
びしびしと草《くさ》の戸《と》ざしか霜《しも》ばしら

霜柱を踏んで歩く時の音が、まるで家の粗末な戸をとざす音に似ている。

原句「ひし〱と草の戸さしか霜はしら」

209

風《かぜ》に身《み》のいりても降《ふる》か玉《たま》あられ

玉は美しいものにもいうが、ここでは大きな丸い形状を優先する。空から風が運んでくるあられが大きく丸いのは、風が中に入っているからだという空想。

原句「風に身のいりても降か玉あられ」

210

姫松《ひめまつ》のかたびら雪《ゆき》やだてうすぎ

姫松は小さな松。そこに薄く積もった雪を夏の薄い単衣《ひとえ》を美しく装った、目をひく女性の姿に見立てた句。

原句「姫松のかたひら雪やたてうすき」

211
今朝《けさ》見《み》れば花《はな》ぞさくやの木々《きぎ》の雪《ゆき》

木々の枝に雪が積もった様子を花の咲いたようだとするのは常套。花が「咲くや」と見間違えて、それが昨夜からの雪であったところに可笑《おか》しみがある。

原句「今朝見れハ花そさくやの木ゝの雪」

212
岩《いわ》かどもむっくりとなるや雪《ゆき》の綿《わた》

普段は岩のつき出たごつごつとした角《かど》も、雪が降ると真綿をかぶったように丸々となる。

原句「岩かともむつくりとなるや雪の綿」

213
降《ふる》はうし雪《ゆき》にあとつく雨《あめ》のあし

雪に足あとは捨女らしい句。この句は美しく積もった新雪に雨が降りかかって雨足をつけたという意。句中の「う（憂）し」「あ（悪）し」も作者の気持ち。

原句「降はうし雪にあとつく雨のあし」

214
雲井《くもい》よりかざしにさすや雪《ゆき》のわた

雲井は空。空から降る雪が頭に積もってゆく様子。これを髪飾り（かざし）といい、やがて綿帽子になる。

原句「雲井よりかさしにさすや雪のわた」

215

つんだ雪《ゆき》やはらわぬ庭《にわ》の朝《あさ》きよめ

普段手を入れていない庭も、積雪で丁度この日ばかりは朝の掃除の手間が省けたという意。

原句「つむた雪やはらハぬ庭の朝きよめ」

216

雪《ゆき》やけをせしはひをふむあしべかな

芦辺の風景。「日をふむ」「あし」（足）は日数を重ねる意で、雪やけで冬枯れの芦が黒々とその色を際立たせている。

原句「雪やけをせしハひをふむあしへかな」

217

うてばひびくきわだの弓《ゆみ》や雪《ゆき》おこし

「雪おこし」は雪を降らせる雷。その雷の音が綿打ちの弓の音に似ている。綿を打って不純物を除き、白く柔らかくする弓の音に新雪の降り積む光景を想像する。

原句「うてハひ丶くきわたの弓や雪をこし」

218

松《まつ》ならばおりにやあわん雪《ゆき》のえだ

雪中の松ならば折しも似合いの光景。つまりは見事な枝ぶりの松がない、もの足りない風情をいう。「待つならば折にやあわん」の文脈を背景に置く。

原句「松ならハをりにやあハん雪のえた」

219

えんおうのふすま雪《ゆき》きるや軒《のき》の妻《つま》

鴛鴦《えんおう》の衾《ふすま》は夫婦共寝の夜具。すっぽりと妻の一人身を隠すように、この家の軒に雪が覆っている。

原句「ゑんあうのふすま雪きるや軒の妻」

220

空《そら》は春《はる》か嵐《あらし》にちらす雪《ゆき》の花《はな》

この句も雪を花に見立てる。吹雪を花びらを散らす風（花嵐）と見て、空を春の到来に見かえる句作り。

原句「空は春か嵐にちらす雪の花」

221
千金《せんきん》にかゆるものかは雪《ゆき》のぎん

雪の白銀。価千金とはよくいうが、この白銀の雪は千金には替えがたい。「ものかは」は反語で、絶対に替えられないという強意。

原句「千金にかゆるものかは雪のきん」

222
白雲《しらくも》かうごかぬならば山《やま》の雪《ゆき》

遠景の句。空に白く浮かんでいるのは、雪の山か、それとも白雲か。

原句「白雲かうこかぬならハ山の雪」

223

初《はつ》ものや七十《しちじゅう》五《ご》日《にち》雪《ゆき》のもち

初ものを食べると七十五日の寿命が延びる。初雪から数えて七十五日、雪が降り積み根雪となった。「雪のもち」とはその根雪。

原句「初ものや七十五日雪のもち」

224

白《しろ》うらか雪《ゆき》にふかする軒《のき》のつま

軒をふく雪、すなわち屋根からすべり落ちる手前の軒端の雪が、まるで服の白い裏地（白うら）のように見える。

原句「白うらか雪にふかする軒のつま」

225

鈴鴨《すずがも》のはしふる波《なみ》やなるみがた

「鈴」「振る」「鳴る」の縁語仕立て。鈴鴨の口ばしが波音をたてるという意。尾張国「鳴海潟」は古歌にも多く詠まれる歌枕。鳴海の宿駅。駅鈴《えきれい》に鈴鴨を掛ける。

原句「鈴鴨のはしふる波やなるミかた」

226

きづまりというはむべ也《なり》十《じゅう》二《に》月《がつ》

慌ただしい十二月。季づまりでもあり、気のつまる思いもする。一年最後の月とて、これも道理。

原句「きつまりといふはむへ也十二月」

227

くいなにもまさらん夜半《よわ》のはちたたき

水鶏《くいな》の鳴き声を「たたく」と表現するが、この鳴き声にもまさる師走の夜の鉢敲《はちたたき》(鉢やひょうたんを叩いて念仏を唱えながら巡り歩く空也念仏)の音である。

原句「くゐなにもまさらん夜半のはちた丶き」

228

つごもりをとまり所《どころ》かとりのとし

大晦日をひかえた歳暮の句。とり年の今年も残すとまり所もあとわずか。

原句「つこもりをとまり所かとりのとし」

229

くれてとしや子《ね》ひとつ計《ばかり》きょうのくれ

「くれ」の語が上下で重複する難解句。一方が日の暮れ、一方が年の暮れ。もうわずかで一年が終わろうとする。

原句「くれて行《とし》《ヒ》や子ひとつ計けふのくれ」

230

くれて行《ゆく》や歳暮《せいぼ》につんだ雪《ゆき》の綿《わた》

年末に降り積もった雪が、さながら天からの真綿の贈りもののようだという大晦日の述懐の句。

原句「くれて行や歳暮につむた雪の綿」

231

せつぶ
いとし子《ご》やのせてくらべん宝《たから》ぶね

前書の「せつぶ」は節分の意。冬と春を分けること。正月の縁起ものの宝船に大切なわが子を乗せてくらべてみようという。正月二日の初夢をいったものか。

原句「いとし子やのせてくらへむ宝ふね」

232

たからぶねの舟《ふな》だまやまつるはやし豆《まめ》

正月二日、ないしは十五日の舟霊祭をふまえ、宝船の守護神を祀り「福は内、鬼は外」と唱えて豆をまく。これをはやし豆という。

原句「たからふねの舟たまやまつるハやし豆」

233

柊《ひいらぎ》や鬼《おに》をとおさぬ戸ばりちょう

戸ばりは「帳」の意で、外部との境を区切るもの。さしずめ柊《ひいらぎ》は鬼の嫌がる戸ばりである。

原句「柊や鬼をとをさぬ戸はりてう」

234

あかしの何《なに》がしのもとより、歌仙《かせん》の読人《よみびと》の名《な》はいかいほっ句《く》に、すき人《びと》たちのせしに、元輔《もとすけ》という題《だい》をとりて、しきしに書きてつかわす。

花《はな》のもとすげのうたつな匂《にお》いどり

前書は、明石のある人から三十六歌仙の一人の名を入れた発句を求められたという趣旨。清原元輔を選んでその名を折句とした。句中の「もとすげ」がそれである。句は梅の花にしばらくも執着せずに飛び立った鶯のつれなさをいった。

原句「花のもとすけなふたつな匂ひとり」

季吟《きぎん》より「あかし入道もおよぶまじき」とて、ほうびありしひよみのしきしにほっ句《く》このまれしに

235
月《つき》のうさぎかつら男《おとこ》のすがたかな

前書は北村季吟から褒美として十二支の色紙を送られ、それにちなんだ句を求められたとある。明石入道は『源氏物語』に登場する架空の人物。卯の色紙に書いた発句。句は月の中の兎をよくよく見ていると絶世の美男と伝わるその桂男の姿になるという意。

原句「月のうさきかつら男のすかた哉」

草合《くさあわせ》に

236
はなたれてめははなたれぬ藤見《ふじみ》かな

前書の「草合」は五月五日の節句に様々な草花を出し合ってその優美さを競った遊び。句は下がり藤（花が垂れる）の美しさ、見事さに目を離す（目は放《はな》たれぬ）ことができないという意。

原句「はなたれてめははなたれぬ藤見哉」

237
かた野《の》の桜《さくら》
晩《くら》くても帰《かえ》りがた野《の》やさくらがり

前書は「交野桜」。『太平記』巻第二に「落花の雪にふみ迷ふ交野の春の桜狩り」などとある桜の名所。

句意は晩になっても帰りたくないほどの見事な桜をいう。「帰りがたし」に「かた野」を掛ける。

原句「晩くても帰りかた野やさくらかり」

238
琴引《ことびき》の松《まつ》
来《く》る鴈《かり》は琴引《ことびき》の松《まつ》のことじかな

前書は丹後の琴引の松。丹後に渡って来る鴈の姿は和琴のことじ（琴柱）さながらであるという意。見立ての句。
原句「来る鴈ハ琴引の松のことちかな」

239

月《つき》をねたむ雲《くも》とほしの雨《あめ》と

わざくれよ月《つき》さえてらばほしの雨《あめ》

「わざくれよ」とは「どうにでもなってしまえ」という自暴自棄の心。月を隠す雲を憎みながら、月の光とともに満天の星を仰ぎ見たいと空想する句。

原句「わさくれよ月さへてらはほしの雨」

240
さぎ草《そう》は雪《ゆき》とすみ也《なり》からすおぎ
さぎ草《そう》とからすおぎと

「からすおぎ」はひおうぎのこと。その黒い実をぬばたまという。鷺の白と烏の黒との連想を用い、さぎ草とからすおうぎを雪と炭に見立てた。

原句「さき草は雪とすミ也からすをき」

241

ほほえみたるざくろとかねつけぐりと

えむやざくろかねつけぐりにえなるまい

かねつけぐりはお歯黒をつけたように色づいた栗のこと。ざくろの実が割れた状態を笑むとしたのであろう。さだめし、かねつけぐりのようにはなるまいよ。「え」は否定と呼応する副詞。

原句「えむやさくろかねつけくりにゑなるまひ」

242

名所《などころ》の月《つき》

木《こ》がらしにやすくもり山《やま》の月見《つきみ》かな

守山《もりやま》（滋賀県南部）での月見。木枯らしで森の木々の葉は落ち、見あげれば曇りがちな空に、いともやすく月の顔が見える。この句には「野洲《やす》」の地名も折り込まれている。

原句「木からしにやすくもり山の月見哉」

自筆句集の成立事情

小林　孔

江戸時代の、元禄期を遡る初期の俳人の自筆句集と聞いて、心騒がぬ者はいないであろう。すでにこの時点で世に稀な珍本である。その自筆句集は、田捨女（寛永十〈一六三三〉～元禄十一〈一六九八〉年）の自撰の発句二四二句を自筆でおさめた写本一冊である。まず、書誌を記す。

書型　美濃本一冊（縦二十四・二糎、横十七・六糎）袋綴。
表紙　紺紙金泥水辺胡蝶草花模様（後補か）。外題（簽）なし。
料紙　間似合紙。
丁数　墨付十九丁。
行数　毎半葉七行書（但し、書き入れ等のため行数の増加がある）。
印記　表紙見返しに「田氏文庫」（但し、近代の方印）。
備考　遊紙なし。現況は文久二（一八六二）年に調えられた畳紙に別本二点とともにおさめられている。実見ではノドの部分が詰まった改装本の印象をもつ。少なくとも綴糸はその時点のものであろう。

右に記すとおり、この本は金泥絵入りの紺表紙がかけられた美濃判の見事な写本で、どこにも書名らしきものはないが、伝来によって仮にこれを〔自筆句集〕と称している。墨色は砥粉を入れた間似合紙の表面にあって今も褪色をのがれ、紙面には流麗な筆蹟が展開されている。他の捨女自筆の諸資料に徴しても、その時代、および本人の筆を否定する材料は見出せない。備考に記したように、現在は文久二（一八六二）年九月に新調された畳紙に、自筆歌集（砥粉色無地表紙。題簽、外題ともになし。夫季成の追善歌集）、および自讃歌（紺紙銀泥水辺草花模様表紙。中央に後補題簽「自讃謌」とあり）とともにおさめられている。これらの二冊と比較しても自筆句集の装幀第一等は動くまい。なお、三冊各々には、近代になってから貼付された付箋が表紙右肩にある。自筆句集に「第壱号」、自筆歌集に「第二号」、自讃歌に「第参号」の番号が与えられている。

さて、畳紙の表には

貞閑尼公筆

自讃謌　壹巻

讀哥　弐巻

の墨書があり、裏には、

文久弐年戌菊月　文波す

とある。この文波がいかなる人物かは現在のところ不明であるが、畳紙の墨書から推定して、題簽のある自讃歌以外の二冊を「讀哥」(実際は句集と歌集)としてひとくくりにしているから、内容の検証はこの人物の得手とするところではなかったものと想像する。ちなみに、畳紙には自筆句集の見返しと同じ方印が捺され、朱書で「各登簿済」の記載がある。この登簿の際に表紙に付箋番号がつけられたのであろうが、自筆句集に「第壱号」の番号を与えたのは、近代旧蔵者の示した当該本へのひとつの見識といってよいかと思う。以降、畳紙に「壱」から「参」の順番どおり重ねられて伝来し、そのため現在は自筆句集の表紙に畳紙と同じ虫喰の跡が残っている。

前おきが長くなったが、ここから自筆句集の表紙を開いてみよう。表紙を開けると、第一丁の表には一行目に「元日」、その下に「ステ」の署名がのびやかに記され、つづいて六句が清書されている。以下、おおむね半丁(料紙一枚の半分・半葉)七行書がこの句集の予定だったのであろう。一丁裏、二丁表と七行で書くが、はやくも二丁裏で八行書があらわれる。整然と記されたこの丁を見ても清書の姿勢に疑いを容れる必要はないが、これは「十五日」の前書を後から書き入れたために生じた結果であった。以降、三丁、四丁、五丁と順調な清書が続き、六丁の表でまた「閏月に」の前書一行を補筆して八行となる。ともに書き入れが行間の狭いところになされている点から見て、これらは予定外の書き入れであったと判断される。つまり、前書は自筆句集清書当初の書写の予定からはずされていたのである。それがある時点で揺れはじめる。三丁裏の「独吟哥仙」の前書が本文に組み込まれる時点からであろうか。前書の一部採用が決められたのである。

なお、急いで断っておくと、清書当初から前書とは一線を画す季題が用意されていた。それはおそらく、以下に示す二十四の題で、四季別に春・夏・秋・冬の順に四段に組んで書き出すと次のとおりである。

元日
若菜
子のひ
梅
柳
涅槃会
やよいのせく
花
つゝじ
帰鴈

衣がへ
卯の花
郭公
新樹
あやめのせく
夏の月

七夕
玉まつり
月
紅葉
きぬた
草花

※他の季題にかわって秋の「松たけ」が加わっていた可能性もある。

冬
せつぶ
(別立て)

右の季題は清書に際してあらかじめ一行分をもって立項する予定で、あわせて収録句数も二四二句と決定されていたであろうから、一句一行立てで書写をすると全二六六行を見込んで完成する手はずであった。

ところで、自筆句集の書写状況をすべて見終えて、一点どうしても腑に落ちない乱れが見出せる。それは清書終了間近の十八丁の表（十八枚目の料紙）から急に書写の句数が多くなり、句と句の行間が狭まり、無理をして句を詰め込もうとした風景があらわれることである。十八丁表の三句目からそれが加速するようにも見える。ただし、この乱れは筆蹟のそれではなく、明らかに行数の不統一による乱れと考えてよいであろう。では、なぜこのような事態が生じたのか。

当初、二十四の季題と別立て一項目（無題）を加えて二四二句の浄書を目論んだ。半丁あたり七行、一枚の料紙を十四行で仕立てる予定である。すべてで二六六行、十四行割りで書写をすれば、袋綴の体裁を考えておいて十九枚の料紙が必要になる。これで清書本として最後に余白を残さず、きれいにまとめあげることができる。書写の紙面をひととおりイメージしてから清書にとりかかった。清書とはおよそそういうものである。また、自撰の自句を記す準備に贅をこらす必要はない。長く残しおくための配慮として料紙を選ぶ程度のことはあったであろう。最低限の準備、それが十八丁以降の乱れを招いたもうひとつの原因であったと想像する。つまり、清書のために十九枚の料紙が用意、決定されていたのであった。したがって、清書途中での予定変更は本来あってはならなかったのである。しかし、先にも見たように、清書の途中で、それも早い段階で前書を加える大きな変更をした。そうなれば当然、予定の紙数を超えることになるが、それではイメージどおりの清書本にはならない。そこで、これまでの浄書を優先し、大きな乱れを作らず、最終丁近くであえて行数を増やし、冬の句をまとめて調整をはかったのである。途中での予定変更があったにもかかわらず、これだけの処置で清書を終えることができたのは、自筆にして本人のみがなせる所業と考えた方がよいであろう。気転をきかせてほぼ予想どおりの清書本が完成したのである。これが十九丁一冊の自筆句集成立に関する事情の一斑である。

では、この自筆句集は何時清書されたのであろうか。

平成十七年一月十六日、この解答を得ようと、一日、丹波市立柏原歴史民俗資料館を訪ね、所蔵および寄託の捨女自筆の資料群を閲覧させていただいた。日頃は図録などで一部分しか目にできぬ貴重な墨蹟資料を前に、自筆句集の成立を考える二つの資料に注目した。そのひとつが同じ俳諧資料で、連歌懐紙の断簡と合装された自筆四季七句（元日・鶯・桜・郭公・七夕・月・雪）懐紙であった。この懐紙は発句を記した自筆物としてまとまっており、今後筆蹟の照合、判定には個々の短冊よりもむしろこちらを基準とすべきではないかと思われる。この懐紙の存在によって句集の自筆たることが側面から傍証されるのではないかと考えるが、残念ながらこの懐紙には揮毫の年次が記されていない。

そこでもう一点、まったく別のもので、書写、制作年代の明らかな資料との比較、絞り込みを試みた。結果、自筆句集の筆蹟に最も近似する墨蹟は、「延宝七年つちのとの未卯月十五日〆さ月廿五日に書終」の奥付をもつ「自筆仮名法華経奥書」の一幅であった。これは夫との死別後、五年を経た延宝七（一六七九）年に氏神八幡神社に奉納されたとされる法華経の奥書を仮名で浄書したもので、捨女の剃髪前、すなわち在俗末期の自筆と考えられている。この筆蹟とほぼ重なってくるとすれば、自筆句集の成立におよそ一年半後の剃髪がやがて視野に入ってこよう。否、むしろ剃髪を決意するその前後でなければ、みずからの句集を編むといった当時にして異例のできごとは、やはり成就しなかったのではないだろうか。おぼろげながら自筆句集の成立に延宝末の七、八年を想定してみるのだが、この点の詳細については同じ畳紙におさめられた自筆歌集（砥粉色表紙・無題）一冊との比較検討も必要となるはずである。

自筆句集には季題を立てた自撰の意識がはたらいている。これに流麗な清書の筆蹟をあわせ見れば、非常に洗練された句集の表情がたちあらわれてくる。俳諧に過ごした捨女在俗の形見と評してもよいかと思う。

●捨女に親しむためのガイド（坪内稔典）

◎捨女にかかわる本や冊子

・『**田捨女**』森　繁夫（昭和三年、青雲社）

※田氏系図、年譜、小伝、遺稿、遺文、遺墨、遺品を収録。自筆句集の翻刻も収められており、今なお捨女にかかわる最も基本的な文献である。

・『**ふるさとの俳仙　田ステ女**』田ステ女をたたえる会（平成五年）

※伝記、年譜を中心にした捨女への入門的ガイドブック。

・『**柏原の俳人　田ステ女**』田ステ女記念館（平成九年、柏原町歴史民俗資料館）

※平成九年、田ステ女記念館の開館を記念して行われた展覧会の図録。捨女の短冊、懐紙、遺品などが写真版で収録されている。

・『**還暦より傘寿へ**』田　季晴（平成四年、三和金属工業株式会社）

※捨女の顕彰に尽くした田家十一世の随想集だが、田家、ことに捨女にかかわる資料や吉田紹欽の「盤珪と田捨女のこと」、田家系図などを収録する。

・『**貞閑禅尼――出家後の俳人田捨女**』藤本槌重（昭和五十二年、春秋社）

※出家後の貞閑尼にかかわる伝記、和歌、資料などを収録。

・『**捨女さんへの旅**』末武綾子（平成八年）

※柏原在住の著者の捨女にかかわる短文集。

・『元禄の四俳女――ステ女・智円尼・園女・秋色女』（平成十一年、柏原町歴史民俗資料館）
　※田ステ女記念館の特別展の図録。自筆句集の全文の影印が収録されている。

◎捨女にかかわる施設など

・田ステ女記念館　住所・兵庫県丹波市柏原町七十二。
　※平成九年九月に開館。田家寄贈の資料などを保存、展示。
・ステ女記念公園　丹波市柏原町高谷の千日寺跡に整備された公園。捨女の句碑などが建つ。
・西楽寺　田家の菩提寺。丹波市柏原にある浄土宗の寺。
・不徹寺　住所・姫路市網干区浜田六三二。捨女は出家後、貞閑と名乗り、不徹庵を結んだ。その不徹庵跡が不徹寺として現存する。

●捨女略年譜（田　彰子）

一六三三（寛永十）　0歳　丹波国氷上郡柏原《かいばら》の田《でん》家に誕生。田家は藩主・織田氏の代官をつとめた。

一六三八（寛永十五）　六歳のこの年「雪の朝二の字二の字の下駄のあと」と詠んだという。

一六四四（正保元）　芭蕉が誕生。

一六五一（慶安四）　18歳　季勝と結婚。翌年に長男誕生。

一六六二（寛文二）　『俳諧良材』に作品が載った。翌年に長女誕生。

一六六六（寛文六）　四男誕生。

一六六七（寛文七）　『続山の井』（北村湖春編）に作品が載った。

一六七〇（寛文十）　五男誕生。

一六七四（延宝二）　41歳　夫が死去。

一六七六（延宝四）　夫供養の千日回向が満願した。翌年に千日寺建立。

一六八一（天和元）　落飾、妙融と名乗る。

一六八三（天和三）　四月、盤珪和尚に出会う。

一六八六（貞享三）　53歳　盤珪に入門、貞と名乗る。この年、今の姫路市網干へ移る。

一六八八（元禄元）　家を購入、庵を結ぶ。

一六九二（元禄五）　庵号を不徹と定める。

一六九三（元禄六）　盤珪、七十二歳で死去。翌年に芭蕉が死去。

一六九八（元禄十一）　65歳　八月十日に死去。

軽く会釈し

田　晴通

雪の朝二の字二の字の下駄のあと

この俳句の作者は誰でしょう。

私が通っていた伊丹小学校の国語の試験に出題されていました。

答えは次の三人の中から選んでください。加賀の千代女他二人の名前が書かれていました。あれ、おかしいぞ、捨女の名前がない。でも誰かの名前を記入しないといけない。しゃあない、千代女と書いておこう。

十年ほど前の話です。会社の営業所を金沢の近くの松任市に建設し、市長さんに新築祝いの席にお出でいただきました。市長の祝辞のなかで加賀の千代女の自慢話が出ました。大きな石碑に「雪の朝二の字二の字の…」が刻まれていました。しゃあない、千代女の作で手を打ちました。

私が捨女と出会ったのは、柏原藩陣屋の前庭に捨女の石像が建造された時です。六歳の頃のかわいい少女の像で、有名な彫刻家、初代柏里氏の手に依るものです。江戸後期には浮世絵師、三代歌川豊国が描いた「柏原の捨女」と題する浮世絵が評判になったとのこと、なんだかうれしい気持ちになりました。

平成九年に捨女三百回忌の記念事業として「俳句ラリー」が開かれました。「田ステ女をたたえる会」の方々の提案で大成功のうちに終わりました。このイベントに併せて「ステ女記念館」のオープン、ステ女博多人形やステ女菓子も登場し、柏原の町全体が活気づき、そのステ女効果は大変なものでした。

もう一つの句会「ステ女忌句会」は柏原町公民館で開催され、俳句大好き人間が力作を一人二句ずつ投句し、ステ女せんべいをいただきながら選者の先生の選句を待ちます。その真剣な表情に圧倒されます。

父親のお供で、高野山宝城院や網干の不徹庵を毎年訪問し、ステ女から貞閑尼和尚になった六十五年の人生を何度も聞かされました。元禄の俳仙として、母親としての偉大な生き様に敬服の念を持ちました。

兎にも角にもステ女さんから三百年後の今年は平成二十六年、田家十二世の私晴通ももう七十四歳になりました。俳句の才はゼロ、今後もおそらくはゼロのまま打ち過ごす予定です。毎月柏原墓地へお参りしていますが、ステ女さんの墓前に軽く会釈し、お茶を濁している今日この頃です。

ステ女と共に

土田富美子

雪の朝二の字二の字の下駄のあと

地元に住む者は、この句から利発な六歳のステ女に親しみを持って暮らしてきました。ステ女のことをもっと知りたい、知って讃えていきたいという思いから、地元の女性たちが中心になり、平成四年、「田ステ女をたたえる会」を立ち上げました。

まず最初に、ステ女の命日である八月十日に「ステ女忌句会」を開催。今年で二十五回目を迎えますが、「酒一升九月九日使ひ菊」に因んで第六回からは毎年九月九日に開催しています。現在、選者は三村純也さんにお願いしています。

ステ女三百回忌の平成九年、たたえる会が母体となり、「田ステ女三百回忌記念事業実行委員会」を結成、俳句ラリーを開催することにしました。大きなイベント開催など未経験の素人ばかりのため、事前に俳句ラリーの考案者の坪内稔典さん、木割大雄さん、宇多喜代子さん、丸山哲郎さんから企画、運営等についてご指導をいただき、「たとえ運営は未熟でもお客様を温かくお迎えする心は誰にも負けないはず。みんなの心でおもてなしを！」を合言葉に準備をすすめました。

平成九年九月十日には、ステ女の菩提寺である西楽寺において、田家による三百回忌法要が営まれました。

田家十一世田季晴さんご夫妻をはじめ多数の方々が出席され、たたえる会の会員もその席に侍らせていただきました。

そしていよいよ十月十日、田ステ女三百回忌記念ラリーを実施。ＪＲ丹波路ホリデー号の二両を「俳句専用車両」として、阪神間から百名余りの皆さまをお迎えすることが出来ました。

当日、朝、スタッフが大阪駅までお迎えに行きました。大阪駅に集まってくださった皆様のにこやかな顔から、丹波での俳句ラリーを楽しみにされていることが伝わってきて、嬉しさと同時に何としてでも皆様の期待にお応え出来る一日にしなければと改めて強く思いました。

当日の選者をつとめてくださる伊丹三樹彦、宇多喜代子、木割大雄、坪内稔典、山田弘子さん、結果発表の進行役をつとめてくださった丸山哲郎さん、そのすべての皆様が丹波路ホリデー号に乗車くださり、参加された皆様も大喜びでした。車内では、地元出身の丸山哲郎さんにステ女についてお話しいただき、ステ女のお菓子を配ったりしているうちに、車窓には秋の野山が広がっていました。短いトンネルを抜けるたび山あいを埋める田園風景が目に入ってきて、皆様方は「どこを見ても秋ね」「のどかだねえ…」と豊かな自然に満足されている様子でした。

午前十時過ぎ、柏原駅に到着。実行委員会のメンバーが出迎える中、俳句ラリーのコースへと出て行かれました。柏原は初めてという方々が多く、ステ女の生まれ育ったこの小さな町を興味深く見て回られました。

参加者の昼食は、婦人会員手作りの栗ご飯と汁物。丹波の秋がぎっしり詰まったお弁当は大変好評でした。幸い好天に恵まれ、素人集団手作りの初めての事業は大きな成果を挙げて終わりました。

アンケートにも「ぜひ来年も」との声をたくさんいただき、私たちも「俳句の町柏原」を目指して続けていこうと、実行委員会を「田ステ女俳句ラリー実行委員会」に改め、ホリデー号こそ使わないもののこの事業を継続して、今年で二十回目を迎えます。毎回行なう同時開催の催物の中に、選者の先生方のもう一つの顔を紹介する個展や俳諧学者の小林孔さんの講演会も開くことが出来ました。現在、俳句ラリーの選者は、宇多喜代子、木割大雄、坪内稔典、山田佳乃さんにお願いしています。

ステ女記念館の横には、「雪の朝」の句が刻まれた台座に可憐なステ女像が立っています。私達はこれからも、いろんな方々のご支援をいただきながら、ステ女と共に活動してゆきます。

（田ステ女をたたえる会）

解けていない捨女自身の謎

小田晋作

「捨女の直筆句集を読む会に参加しませんか」と、田彰子さんよりお誘いを受けたのは、十年余り前だったろうか。伊丹のホテルのロビーに、彰子さんと坪内稔典さんと、あと一人二人集まっておられたように記憶する。

活字になったのを分担して少しずつ解読していく作業が始まったが、門外漢にして浅学の筆者にはとても歯が立たない。その後二、三度足を運んだきり、いつの間にか遠のいてしまった。

この作業がいずれ本書『捨女句集』の形で世に出ることは聞いており、歯は立たなくとも陰で応援しようと思っていたが、まもなく小林孔さんも加わられ、長い年月をかけてようやく上梓の運びになったことを、心よりうれしく思う。

さて、捨女と言えば筆者には小学生の頃から、柏原織田藩陣屋跡に建つ母校、崇広小学校に設置された石像が毎日目に触れる存在であった。しかし「雪の朝」の句以外はいっこうに知らず、人物、人となりについても教わったことはほとんどない。関心を持つようになったのは、五十歳を過ぎた二十年前に故郷の柏原に帰り、吟行イベント「田ステ女俳句ラリー」のお手伝いをするようになってからである。

ところが、彼女のことを多少とも知ると、とても捨ててはおけない、すごく気になる人物に思えてきた。俳句を作っていた時期もさることながら、盤珪を追って姫路の網干に移ってからの人生がより輝いて見えることも初めて知った。故郷の大、大先輩に対してそのような言い方は甚だ非礼かも知れないが、ともかく彼女の生き方そのものが、強く自分の胸を揺さぶる。

と書きながら、ではどうしてかと自問すると、実のところ、彼女の真相について何も知ってはいないことに気付いた。『田捨女』（森繁夫）や『貞閑禅尼』（藤本槌重）を引っぱり出しても、読むほどに疑問は深まるばかりである。

捨女は亡き夫の供養を千日間続けた後、何故京都に上らなければならなかったのか。盤珪にいかに魅かれたとは言え、何故近くに自庵を建てるまでになったのか。そんな思い切った行動に対して坪内さんは「（風習であれ）一度捨てられた者のしなやかさ」と言われたが、いま一つピンとは来ない。また「盤珪を恋していた。〝追っかけ〟だった」と言われるのには非常に心動かされるが、それにしても彼女の歌は仏の道を求めるものばかりで、相聞的な痕跡は一切ない。そこが〝怪しい〟と言えば、まさにそうなのだが。

自分なりにあれこれ考えている時、坪内さんの「俳句」誌の連載「女たちの俳句史」が目に触れた。その中で捨女を「俳句史における最初の女性」と位置付け、「当時の俳句は謎解きだった。謎を解く天才少女、それが捨女だった」と断定しておられる。

謎解きは、表の意味に隠した真意を読み解くことである。そこには、暗に織り込まれたことを明るみに出す面白みが含まれるが、知的な作業であると同時に、坪内さんによると、「詩狂酒狂のおもむき」も伴いがちだった。「おそれながらも入れてこそみれ　足洗ふたらひの水に夜半の月」とか「北野どの御すきなものや梅の花」など、どこか淫靡な匂いのする句が好まれたという。

捨女は随分頓智の利く少女だったから、大人の席に駆り出され、才をいかんなく発揮していたのだろうが、無論、十歳やそこらの無垢な少女の想いと詩狂酔狂がマッチするはずはない。彼女はもてはやされ、可愛がられながらも、その場の雰囲気に違和感を持っていたのではないか。

さらに言えば、父も兄も入り婿もインテリで何不自由ない暮らし。三歳で死に別れた実母に代わる母の愛情にも包まれて、端からみれば理想の家庭で、捨女は誰もが羨む幸福な人生を送っていたはずだが、「でも、本当の自分はこれではない」と思い続けていた。つまり、甚だ不遜ながら、〝うわべの人生〟との訣別。それが夫を見送った後、驚くべき行動に駆り立てるパワーとなったのではなかろうか。

しかし、盤珪のもとに走ったとて、我々に遺されている彼女の歌や記録が語るのは依然として、「非のつけどころのない人」のイメージであり、彼女を突き動かしたパワーの根源には何ら近づけていない。やはり謎の奥深くに漂っているのは、「恋」なのか。捨女は謎を包み隠すのも天才であったのだろうか。

坪内さんが「(恋の)仮説を提示しただけで、具体的に触れることは出来なかった。いずれゆっくり書こう」と姫路市文化協会の広報誌に書いておられるのを、筆者はずっと楽しみにしている。この『捨女句集』からも、何らかのヒントが得られればいいのだが。

（丹波新聞社会長）

《捨女》像の虚実

加藤 定彦

歴史上の偉人であれ、市井の庶民であれ、伝記には虚構がつきものである。ステ六歳の時、「雪の朝二の字二の字の下駄のあと」と詠んだと伝えるけれども、伴蒿蹊著『続近世畸人伝』（寛政十〈一七九八〉年）以後の文献に見えるのみで、作風からもステ幼時の作とは思えない。

俳歴を辿ると、ステは豊かな古典の素養を基に、言語遊技によって笑いを狙う典型的な貞門風の作者であった。北村季吟・湖春父子の俳諧選集に多数が入集、主要俳人の連句を収める重徳編『誹諧独吟集』（寛文六〈一六六六〉年）にも独吟歌仙が入集、天下に名声を博した。それらの入集作を通覧すると、「木男《きおとこ》のめにもはりたしいと柳」「雨は母やしなふや花のちゝたがひ」「紅葉ばにたはるゝ鹿や色ごのみ」「姫松のかたびら雪やだてうすぎ」（以上、『続山井』寛文七年）といった、四季の景物に男女・親子の人間関係を投影した作が目に付き、独吟歌仙も「梅がえはおもふきさまのかほり哉」以下の〈恋歌仙〉であった。重以編『新百人一句』（寛文十一年）および風黒編『高名集』（天和二〈一六八二〉年）所収句「ぬれ色やあめの下てる姫つゝじ」も同趣で、こうしたステの作品群を集約したのが、浮世草子作家西鶴が編纂した『古今俳諧女《にょ》哥仙絵入《すがた》』（貞享元〈一六八四〉年）のステ評と代表句であろう——句型の異同がステによるのか、西鶴によるのかは不明——。

奥山の桜も梅もその匂ひに人もしるぞかし。丹波の柏原の里に、栗より外をしらぬ野夫迄、今俳諧の道つけしは此女也。哥学の窓より都を見おろし、万の事にくらからず。
梅《むめ》が香《か》はおもふきさまの袂《たもと》かな　　捨女《すてによ》

ステの生き方は、夫田季成の死を境に一転する。没後七年の天和元（一六八一）年、四十九歳のとき落飾し、信仰生活に入る。翌二年、京に移居し、貞享三（一六八六）年、五十四歳のとき念願叶って盤珪禅師の弟子となり、貞閑と名を改め、網干《あぼし》に移っている。貞門俳諧は衰微、全俳壇を席捲した談林風もマンネリに陥り、目まぐるしい変風の嵐を経て、元禄の新風が芽を吹き始める。信仰に沈潜したステは、俳壇と疎遠な存在となった。

其角編『いつを昔』（元禄三〈一六九〇〉年）をひもとくと、

　尼になりて太秦《うずまさ》にすみけるころ、
花をやるさくらや夢のうき世者　　かいはらの捨

の句が収められている。しかし、季吟編『続連珠』（延宝四〈一六七六〉年）に初出する、落飾前の旧作であった。『いつを昔』には、元禄元年十月に上京、季吟・湖春父子と交流した時期の作も収められ、湖春が跋を寄せてもいる。従って、ステが尼になり天和二年に上京、太秦に移り住んだという情報を耳にしたのかも知れない。其角は、「花をやる（咲き誇る）」桜を擬人的に表現した原句を、尼になったステの行実に結び付け、儚《はかな》く散るのも知らぬげに咲き誇る桜を、落飾した自身とは対極的な「うき世者（浮かれ者）」と捉える心境句に読み替えたのである。

ステ没後五年の元禄十六年、姫路の千山は『当坐ばらひ』を編纂、その中で「世々人よそてつにも馴るゝ小蝶哉　尼貞閑」、ステ時代の旧作「出て見よ人釣針《ひとつりばり》かみかの月」の二句とともに、「太秦にこもりて」の作として「花をやる…」の句を挙げている。付記に、「朧・てつぽうがのこをわらひ、盤珪禅師につとめて、めで度終られしとなん。云々」と、盤蹊の弟子となり、念願通りの終焉を迎えたことを付記している。「朧・てつぽうがのこ」の「朧」とは、裾から三寸から五寸ほどを染めずに白く残こす染め方で、「鉄砲鹿子」は丸い粒を散らした模様の絞り染めをいう。流行語「花をやる」を使って桜を「うき世者＝伊達者」に擬《なぞら》えて詠んだ談林風の秀逸だが、千山は其角流の読み替えを継承、貞閑禅尼の代表作として掲げ、生前交流のあった故人を偲ぶよすがとしたのである。

没後半世紀、蓮谷編『誹諧温故集』（延享五〈一七四八〉年）になると、ステの句例としてやはり『いつを昔』と同じ前書きで「花をやる…」の句と、

粟のほのみは数ならぬをみなへし　カイバラすて

の句を挙げている。後者の依拠文献は不明ながら、「粟の穂や…」の句形で康工編『俳諧百一集』（明和二〈一七六五〉年）や『続近世畸人伝』（既出）などに引かれ、百回忌（寛政十〈一七九八〉年）には郷里柏原高谷《たかだに》の千日寺境内に句碑が建てられることになる。

こうした享受史の末に、正岡子規が「元禄の四俳女」（『獺祭書屋俳話』明治二十五年、所収）を執筆、「すて女は燕子花《かきつばた》の如し。うつくしき中にも多少の勢ありて、りんと力を入れたる処あり」と評して、「うき事になれて雪間の嫁菜かな」（涼袋編『古今俳諧明題集』宝暦十三年ほか）、「日ぐらしや捨てゝおいても暮る日を」（同上）、「思ふ事なき顔しても秋のくれ」（蝶夢編『類題発句集』安永三年ほか）、「粟の穂や身は数ならぬ女郎花」（既述）の四句を挙げるが、すべて没後文献からの引用である。かくして《捨女》の作品と人物像も、やはり編著者の個性や時代好尚により粉飾され、語られたといわざるを得ないのである。

（俳文学者）

あとがき　季晴との約束

田　彰子

捨女との出会いは、叔父季晴宅の木彫像（初代磯尾柏里作）である。少女の像で、髪に触れたりして長年親しんでいた。その木彫像は、現在ステ女記念館に展示されている。

卯の花や白い土塀の記念館　　彰子

そのステ女記念館の奥深くに、人の目にあまり触れることのない美濃判の美しい本がある。捨女の自筆句集である。

自筆句集の解読に取り組んだのは、もう十年も以前の平成十五年の五月にさかのぼる。坪内稔典さん、小林孔さんを中心に読み始めたが、ひととおり読み終わり、活発に意見が交わされたものの、二回目の読みにはいって読み解けない句が多く残った。

ステ女記念館は、三百回忌を記念して平成九年九月に生誕の地・兵庫県柏原に開館した。玄関前に

は、坪内さんが捨女の代表句としていちはやく発掘された、

いつかいつかいつかと待しけふの月

の句碑がある。この句は自筆句集に「葉月十五夜」の前書とともに収録されており、碑面には本人の筆跡が刻みこまれている。

「いつか」に何時かと五日を掛け、それを三つ重ねて十五夜の月待ちを言った、「けふの月」のかたちをクイズのように詠みこんだ句である。

坪内さんは捨女の句の特色は、言葉遊びが巧みであることで、この時代の俳句は作者の思いよりも言葉の表現のおもしろさが大事だったと言われている。

平成十六年十二月には、ステ女記念館でたくさんの地元の方々と自筆句集を読む機会を持ち、地元での自筆句集への関心が高まった。

そこでは、

帰る雁も男ではなし北のかた

がおもしろいと話題になった。雁は北へ帰っていくが、帰っていく雁は男ではない。女ばかりで帰っ

ていく。「北のかた」に北の方角と北の方つまり奥方とが掛けられている。

　ちらしがきかとんつかへつ、雁のもじ

は雁の飛んでいくさまを「とんつかへつ、」と文字の書きざまで詠んだところに興味がひかれた。この日は、不徹寺の住職も網干より参加してくださった。

　捨女は夫亡き後出家し、貞閑と名を改め、播州網干の不徹庵（現在は不徹寺）に居をかまえて仏道修行に励んだ。立派な座禅堂もあり、大切に今日に伝えられている。

　毎年五月に柏原の地でステ女俳句ラリーが開催されるが、小林孔さんは、何度か記念講演をしてくださった。その内容は捨女の句には、見立てや空想（喩え）を楽しむ発想があるのと同時に、造語をしたり、また掛詞をふんだんに使って丁寧に言葉を織り込んでいる。「空想」「ことば」の俳人と言ってよい。これは当時の俳諧の考え方でもあるが、彼女の場合、その完成度が高く、独自の観察眼が随所にみられる。それを味わってほしいというものだった。

　私にも俳句ラリーで捨女を詠んだ句がいくつかある。

若葉風陣屋に捨女来ておりぬ　（平成十七年　第九回坪内稔典賞）

柏原藩陣屋跡（国指定史跡）のように、当初のままの位置に残るのは珍しいそうである。小大名の居城であった陣屋で、かたわらにふと捨女の息遣いを感じた。

桐の花捨女の声を真似てみる　（平成十八年　第十回ステ女賞）

丹波悠遊の森で十周年の前夜祭があった。翌朝鳥のさえずりの中を散策していると、空高く淡紫色の桐の花が咲いていた。見上げていると、捨女と言葉を交わしているようだった。

桜のたよりが聞かれる頃になると、叔父季晴と一緒に京都の円山公園の枝垂桜を眺めた折に、「この桜は、必ず一年に一度は見ないとな」と言っていたのがなつかしくなる。

自筆句集の季題「花」には、二十句がおさめられている。その第一句目。

初花やふたつみつよつちござくら

「初花」の「初」を一として、以下、二、三、四、「ちご」の「五」と数字を折り込んで仕立てたおもしろみ。ほんの二つ三つとかぞえるほど開花した桜の季節の到来を言っている。ただ、円山の枝垂桜は一木《いちぼく》を見なくてはならない。

花は世のためしにさくや一さかり

これも捨女の「花」二十句のうちの一つで、私は円山の桜の風情にこの句をしばしばあてはめてみる。

柏原の八幡《はちまん》神社に、

この辺りステ女住みけり貞閑忌　季晴

が句碑として文字に刻まれている。

季晴は晩年には、庭を眺めて過ごすことが多くなった。自筆句集の解読を伝えた折、ゆったりとうなずきほほえみながら自筆句集に目を落としたのが昨日のことのように思い出される。

当初、自筆句集の解読がどれほど大変なことなのか私にはよく理解できなかった。歳月が過ぎるごとに句中の言葉遊びや見立て・空想の自由自在な世界を前に、解釈の困難さを思い知らされることとなった。

季晴との約束が果たせ、安堵と喜びが込み上げてくる。今後、捨女のようなみずみずしい感性を少しでも取り入れていきたいと願う。

『捨女句集』の出版に際しては、長きにわたり熱意を持って顕彰をすすめてこられた「田ステ女をたたえる会」の土田冨美子さん、梅垣恭子さん、中井順子さん、丹波新聞社の小田晋作さんに敬意を表すとともに、探求に一生懸命にはげんでくださった坪内稔典さん、小林孔さんに感謝を申しあげたい。なお、この度の出版に際しては田恭子さん（田家十二世の故晴通の妻）に多大のご教授を賜りました。

捨女は、今蘇る。

編著者略歴

❖捨女を読む会

小林　孔（こばやし　とおる）

❖近世文学（特に俳諧）研究者、大阪城南女子短期大学教授

坪内稔典（つぼうち　ねんてん）

❖俳人、船団の会代表、京都教育大学・佛教大学名誉教授

田　彰子（でん　あきこ）

❖俳人、船団の会会員、捨女の末裔

捨女句集

2016年５月８日　初版第１刷発行

編著者　捨女《すてじょ》を読む会（小林孔・坪内稔典・田彰子）

発行者　廣橋研三

発行所　和泉書院

〒543-0037　大阪市天王寺区上之宮町７－６

電話06-6771-1467／振替00970-8-15043

印刷・製本　亜細亜印刷

装訂　仁井谷伴子

ISBN978-4-7576-0804-7　C0092　定価はカバーに表示